LE FAUX AMI,

DRAME.

LE FAUX AMI,

DRAME

EN TROIS ACTES,

EN PROSE.

PAR M. MERCIER.

A PARIS,

CHEZ LEJAY, Libraire, rue Saint-Jacques, au-dessus de celle des Mathurins, au grand Corneille.

M. DCC. LXXII.

PERSONNAGES.

Monsieur MERVAL, homme de robe.

Madame MERVAL.

Mademoiselle CORBELLE, sœur de Madame Merval.

JULLER, Célibataire.

NERVILLE, Cousin de Monsieur Merval.

Le petit MERVAL, âgé de sept ans.

UN DOMESTIQUE.

La Scene est à Paris, dans la maison de M. Merval.

C.P. Marillier. inv. .E. De Ghendt. sculp.

LE FAUX AMI,

DRAME.

ACTE PREMIER.

SCENE PREMIERE.

MERVAL. (*Il est en robe de chambre & se promene.*)

Je serai mieux ici qu'auprès d'elle.... Tâchons de nous posséder.... Remontons à la source de nos querelles ; & voyons là, sans prévention de ma femme ou de moi, lequel a tort : c'est elle.... oui, c'est elle.... assurément, c'est elle.... (*En soupirant.*) Cruel examen ! Ah ! lorsque je soupirois après l'instant qui devoit nous unir, je ne pensois pas qu'un jour viendroit.... Mais quoi ! me repentirois-je des liens que j'ai formés ? Voudrois-je les briser s'il étoit en mon pouvoir ?... Non, non.... Je l'aime donc encore.... Ah ! si je ne l'aimois pas, mon cœur éprouveroit-il le tourment qui le déchire ? (*Il s'assied & porte la main à son front, comme pour rêver en silence.*)

SCENE II.

MERVAL, JULLER.

JULLER, (*entrant & lui frappant ſur l'épaule.*)

EH bien ! Que fait donc-là notre ami ? A qui en a-t-il avec cet air rêveur ? . . . Oh ! pour le coup voilà bien le tableau des charmes du mariage. Ces Epoux, quand ils ſe levent le matin avec leur grand bonnet de nuit, ils font une mine...

MERVAL.

Mon Dieu, Juller, laiſſe-moi. Je n'ai ni ſujet ni envie de rire. Jamais je n'eus plus beſoin de repos.

JULLER.

Oh ! te voilà, te voilà à merveille. Lorſque Monſieur ſe promene au milieu de ſes belles penſées, il ſeroit fâcheux de le troubler en ſi bonne compagnie. Il faut reſpecter les graves méditations d'un pere de famille . . . . Eh bien, tu peux rêver à ton aiſe ; je te ſouhaite le bon jour.

MERVAL, (*l'arrêtant.*)

Eh non ! demeure . . . . Mais ne viens point aigrir ma triſteſſe par une joie déplacée.

JULLER.

Veux-tu que je boude auſſi ? Soit . . . . Eh je veux te diſſiper, te diſtraire . . . .

MERVAL.

Je le crois .... Mais à quelle heure êtes-vous donc rentrés ce matin ? Tu promenes donc comme cela toute la nuit notre petit cousin. C'est un honnête garçon ; ne vas point le gâter. Nerville a rapporté de sa Province cette candeur qui s'y est réfugiée : voudrois-tu l'engager dans ce tourbillon qui lui feroit tourner la tête... Pour toi, tu as pris ton pli ; tu seras toujours un vaurien ... aimable.

JULLER.

J'ai conduit Nerville, dans ces jours de fêtes, au milieu de tous ces bals qui se succedent & s'éclipsent, parce qu'il faut qu'il voye tout : va, le pauvre garcon n'est pas né pour la fatigue du grand monde. La quiétude sera son lot. Il est allé se reposer depuis une heure ; moi je venois passer mon sommeil avec toi ; car je n'aime gueres à dormir : c'est du tems perdu.

MERVAL.

Mais seroit-il mieux employé à courir la nuit ? Quel goût trouves-tu dans un train de vie si bizarre ?... Et Nerville a du plaisir ?

JULLER.

Son goût tarde à se former .... Je ris encore de tout mon cœur, lorsque je songe au singulier contraste que sa mine philosophique faisoit avec le ton de nos délicieuses orgies.

MERVAL.

Pour moi, je l'en estime davantage.

JULLER.

Je veux qu'il connoiſſe ſon Paris. Ce n'eſt pas pendant le jour que l'on voit ce qu'il y a de plus curieux. Ah ! mon ami, quelle ville ! Il y a beaucoup de gens qui y vivent ſoixante années ſans ſoupçonner les merveilles qui les environnent.

MERVAL.

Je ſuis peut-être de ces gens-là ?

JULLER.

Tu l'as dit. Il n'y a que deux mois que Nerville nous eſt arrivé, & je gagerois qu'il eſt déjà plus au fait que toi, ſur le local & ſur mille particularités....

MERVAL.

Nerville ne pourroit-il pas échanger toutes ces belles connoiſſances contre d'autres plus utiles, plus importantes, & pour leſquelles ſes parens l'ont envoyé préciſément en cette capitale ? Les Arts, par exemple, mériteroient de l'emporter ſur toutes ces frivolités dont tu l'occupes.

JULLER.

Les Arts auront leur tour ; mais au fond, que ſont-ils ſans la connoiſſance du monde ? Privé de cette étude préliminaire, on n'a la clef de rien. Que de ſots ſavans ! Tu ignores cette chaîne continuelle de petits plaiſirs qui renaiſſent à chaque inſtant. Soupers fins ; rendez-vous ; doubles intrigues menées de front & filées à bas bruit ; déſeſpoir de femmes, leurs plaintes, leurs jalouſies, leurs lettres, leurs querelles, l'histoire du jour si variée, si amusante....

MERVAL.

Et l'on peut s'occuper sérieusement de ces bagatelles !

JULLER.

Merval; vous êtes un fort honnête homme, mais vous n'avez pas vécu.... Tu n'as payé aucun tribut aux mœurs du siécle....

MERVAL.

Et je ne m'en repens point.

JULLER.

D'accord..... Dès ta jeunesse l'himen s'accommodoit avec ton caractere naturellement grave & sérieux : il te falloit une conduite paisible & monotone : ton bonheur fut d'être lié à tes devoirs ; ta volupté, d'être l'esclave de la chere Madame Merval ; tu portes ses chaînes presque avec orgueil. Vous imaginez vrai tout ce que vous dites ensemble : vous prenez vos rêves pour des réalités : vous êtes heureux à votre maniere ; mais, crois-moi, c'est faute de connoître d'autres plaisirs. Tu n'as point joui, mon cher, tu n'as point joui... Si tu voyois comme moi l'intérieur de chaque maison, comme chacun se joue tour-à-tour ; femme, époux, fille, pere, mere ; c'est une comédie toujours renaissante ; & le moyen de s'ennuyer sur la brillante scene du monde, sur ce théâtre si fertile en personnages changeans.

MERVAL.

Le bal t'a un peu échauffé.... Quoi! chaque maison t'offriroit un pareil scandale!

JULLER.

Oui, d'honneur; excepté la tienne.

MERVAL.

Grand merci de la grace signalée que tu veux bien me faire.

JULLER.

Remerciè le Ciel qui t'a donné en partage la plus vertueuse des femmes. Je pense que c'est pour toi tout exprès qu'il l'a formée. Avoue que c'est la plus insigne faveur qu'il ait pu t'accorder; car si la chere Madame Merval eût été pétrie comme les autres; oui, je gage que tu serois homme à faire du bruit, & tu conçois bien qu'on te riroit au nez.

MERVAL.

S'il y a une exception pour moi, pourquoi n'y en auroit-il pas pour d'autres?

JULLER.

C'est que le cas est si rare, si rare, qu'il est presque unique. Je connois un peu le monde. Sur quelque femme que tu arrêtes les yeux, sois sûr qu'il y a ample matiere à composer de jolis petits contes, mais tout-à-fait moraux. Que de secrettes avantures couvent dans le sein de cette jeune fille qui marche le regard baissé & d'un air si modeste! Elle paroît tranquille, ingénue, & sa main savante ourdit une trame amoureuſe, travaillée de mille fils ſecrets qui ſe croiſent & ſe répondent : cette autre femme ſemble n'avoir des yeux que pour ſon mari, l'idolâtrer ; cette apparence n'eſt dans la ſociété qu'un *domino* dont on eſt convenu de ſe couvrir. Toute l'adreſſe conſiſte à le dépoſer ſubtilement, à le reprendre de même. C'eſt peu ; je connois plus d'un mari dont l'artifice ſurpaſſe celui de ſa femme : il trompe la perfide avec un art ſupérieur au ſien. C'eſt-là un vrai chef-d'œuvre ; qu'en dis-tu ?

MERVAL.

Beaux portraits de pure imagination !

JULLER.

Si je te nommois avec qui nous nous ſommes rencontrés cette nuit, & la découverte que nous avons faite .... Mais non. Où eſt la femme qui n'ait pas le ſecret d'éloigner ſon mari à propos, de le rappeller ſelon ſes vues ? De ſon côté il entend fort bien ce que cela veut dire : il trouve des dédommagemens : il faudroit être bien ſot pour mourir victime de cette fidélité, qu'un moment de frénéſie a fait promettre ſi ſingulierement, & qu'on a enſuite tout le tems de ſa vie pour abjurer à loiſir.

MERVAL.

Tu ne finiras pas ſitôt : te voilà retombé ſur le chapitre du Mariage.

JULLER.

Que n'es-tu venu hier avec nous ? Que n'as-tu

préféré ce bal étincellant à l'uniformité du lit conjugal ? Que de folies heureuses ! Quel désordre ! Quel tumulte charmant !

MERVAL.

Je n'ai rien de caché pour toi. J'eus hier certaine crise avec ma femme. La quitter dans ses momens d'humeur auroit été aggraver l'affaire.

JULLER, (*riant.*)

L'excellent mari ! Il falloit absolument te raccommoder avec elle le soir même, afin qu'une autre fois elle se mît dans le cas du raccommodement. Ce que c'est que l'himen ! On se boude ; on se querelle, & le tout pour mieux accomplir ses devoirs.

MERVAL.

Tu me désoles avec ce ton léger : c'est d'un ami ; c'est d'un confident sensible dont j'ai besoin...

JULLER.

Ah ! je vous attendois là ; je vous y prends.... Pourquoi m'avoir dit tantôt, laissez-moi ; je savois bien que ce cœur demandoit à s'épancher. On vouloit cependant être seul : on n'a qu'un ami ; il est de trop.

MERVAL.

Pardon.

JULLER.

Tu sais que je plaisante volontiers ; mais qu'ami sincere & vrai je prends un vif intérêt à ce qui te regarde. Si je donne carriere à mes folies, c'eſt parce que je t'aime, & que ce cœur t'eſt bien connu.

MERVAL.

Sois toujours mon ami.

JULLER, (*avec ſentiment.*)

Eh bien, révele-moi donc le ſujet de tes peines.

MERVAL.

La plaie qui me fait ſouffrir eſt ſi ſenſible, qu'on ne peut y toucher ſans que je gémiſſe. Non, Juller, non, je ne comprends pas ce déſordre de mœurs dont tu me parles. Tu veux que je m'amuſe de ces trahiſons honteuſes. Tu as beau accumuler les exemples, ils ne juſtifient point les coupables, & je ne les crois point en auſſi grand nombre que tu le ſuppoſes. Quand ce ſeroit une vérité, il faudroit la taire, l'enſevelir. Pour moi, j'ai toujours ſuivi le bonheur en ligne droite. J'ai cherché, j'ai béni le lien conjugal; il m'uniſſoit pour la vie à celle que j'aimois, que j'eſtimois. Si la loi n'eût pas exiſté, je l'aurois créée pour aſſurer mon entiere félicité. Je n'ai jamais trouvé de loi plus ſimple, plus raiſonnable, plus digne d'être reſpectée. Tout y flatte les intentions ſecrettes de mon cœur; mais, dis-moi, pourquoi mon attente eſt-elle trompée? Je défiois le ſort de nous ôter l'amour, & ce n'eſt qu'à préſent que je reconnois quelle étoit ma préſomption. Quoi, le plus doux ſentiment de notre être eſt ſujet à s'éteindre! Ce flambeau ſi brillant & ſi pur pâlit & ne jette plus qu'une foible lueur ! L'aurois-je cru, dans les premieres années de notre mariage, que ces feux si vifs devoient être un jour altérés. Je l'aime toujours ; elle paroît encore m'aimer ; qu'avons-nous donc à nous plaindre toujours l'un de l'autre ? Quel est le démon qui nous suscite à chaque instant de nouvelles querelles, & cela sur un rien, absolument sur rien ? D'une parole à l'autre, allons, nous voilà partis, brouillés .... Il y a un an que nous vivions dans une meilleure union. Dis-moi, mon cher, lorsque tu nous fis le plaisir de venir demeurer sous le même toît, d'augmenter notre société des charmes de ton esprit, elle étoit encore bien loin du point où elle est parvenue .... Si cela va en continuant, tu verras un homme au désespoir.

JULLER.

Mon ami, je vais t'affliger, je le sens ; mais dois-je taire la vérité ? Tout charme cesse. Le tems, par une loi plus forte que nos sermens, a un effet inévitable sur nos cœurs comme sur le reste de la nature. En émoussant la pointe du plaisir, il rallentit la tendresse, rend au caractere sa pente naturelle, le dépouille de sa sensibilité primitive. Le tems, destructeur impitoyable, éteint tout, affection, amitié, & jusqu'à l'amour des peres pour les enfans ....

MERVAL.

Tu me fais frémir !

JULLER.

L'Amant le plus passionné cherche dans son

cœur flétri un reste de tendresse, & surpris de lui-même, ne le trouve plus.

MERVAL.

Quoi, je perdrois par degré un sentiment plus précieux que la vie !

JULLER.

Il faut t'y attendre .... Sois Philosophe.

MERVAL.

Non, si pour l'être il faut être insensible.

JULLER.

Tu as bu dans la coupe de la volupté .... le vase est à sec. Plus raisonnable, cherche ailleurs le plaisir; un peu de diversion peut le faire renaître. Ris des tracasseries de ta femme; ne te brouilles pas à demi, rien n'est plus dangereux. Une rupture décente, polie & ménagée vous mettra tous deux fort à votre aise. Il viendra bientôt un âge où vous vous raccommoderez à coup sûr.

MERVAL.

Tu me connois mal. Je ne puis vivre sans l'aimer .... Va, sois bien assuré qu'il ne sera pour moi aucun plaisir dans le monde, tant que nous serons éloignés l'un de l'autre.

JULLER.

Je voulois voir si ton amour étoit à toute épreuve. Il est d'un tempéramment robuste; (*avec un sourire forcé.*) j'en suis enchanté, ravi.... Va, oublie ce que je t'ai dit; aime toujours ta femme. Le meilleur moyen, cependant, seroit de te dissiper, de la quitter quand la mauvaise humeur la saisira; de revenir à elle le front gai, ouvert, content, radieux, comme s'il ne s'étoit rien passé.... Te voyant moins sensible, elle sera plus circonspecte.

MERVAL.

Mais, dis-moi; je trouve un plaisir secret à pénétrer dans son cœur, à remonter à la source de nos débats, à discuter ce point intéressant. Ah! si je pouvois une bonne fois la convaincre de ses torts!....

JULLER.

Eh bien?

MERVAL.

Je lui sacrifierois les reproches que je serois en droit de lui faire; elle sentiroit....

JULLER, (*feignant d'applaudir.*)

Oui, oui, c'est un sentiment fort délicat, digne d'un Amant... Mais prends garde qu'elle ne devienne ton tyran; car si la tête acheve de te tourner, tous mes conseils n'y feront plus rien.....Allons, veux-tu faire un tour de promenade?

MERVAL.

Je ne sais.... Non.

JULLER.

Eh dissipe-toi... Veux-tu mourir d'ennui dans ta lugubre robe de chambre?

MERVAL, (*d'un ton mélancolique.*)

Je ne sortirai point.... Nous nous rejoindrons tantôt. Nerville vient; je me sens le cœur trop serré pour parler à qui que ce soit. (*A Nerville qui entre.*) Bon jour, Nerville, bon jour; nous nous verrons une autre fois. (*Il sort précipitamment.*)

SCENE III.

JULLER, NERVILLE.

NERVILLE.

VOILA un bon jour bien séchement prononcé. Il m'a coupé la parole.... Est-ce moi qui cause sa retraite?

JULLER.

Non, je sais ce qui occasionne son humeur.

NERVILLE.

Eh puis-je être de moitié?

JULLER.

Tu ne devines pas?...

NERVILLE.

Comment, encore une nouvelle tracasserie?

JULLER.

Justement.

NERVILLE.

En vérité, ce train-là me désole. Mais comment s'arrangent-ils donc .... Merval est cependant le meilleur homme du monde, le plus indulgent, le plus doux, le plus confiant, & sa femme est honnête, complaisante, affable; enfin, elle est en tout point le portrait de sa sœur; on ne sauroit, je crois, faire de comparaison plus vraie, plus heureuse, & tu sais que Mademoiselle Corbelle est jolie, spirituelle, charmante, douce, & si vive en même-temps! Non, je n'ai encore rien vu qui me plaise autant qu'elle; & tenez, toutes ces femmes que vous m'avez fait passer en revue, je ne sais; elles ont toutes un caractere d'effronterie qu'elles veulent en vain couvrir d'une modestie simulée. Leur artifice perce, leur ame échappe dans leurs regards, tantôt hardis, tantôt froids ou dédaigneux. Elles ne me plaisent point. Ah! qu'elle différence lorsqu'on rapproche d'elles, ces deux sœurs .... Quelle différence!

JULLER.

Vous avez été bien long-tems à me faire cette confidence; mais apprenez que malgré vos petites ruses, vous n'avez point échappé à mon coup d'œil. Ah, ah! te voilà donc sérieusement épris.

NERVILLE.

Oui, & je voudrois bien qu'elle m'aimât.

JULLER.

Je ne crois pas l'affaire bien difficile; mais

toi, tu ſeras encore fort inept à remporter une victoire aiſée.

NERVILLE.

Je n'ai d'autre ſecret pour toucher un cœur, que d'aimer beaucoup.

JULLER.

En ce cas tu éprouveras des obſtacles qui ſeront ton ouvrage. Tu n'es pas formé, & ces petites fillettes vous menent loin, ſurtout lorſqu'elles ont des Adorateurs de ton eſpece.... Prends-y garde.

NERVILLE.

Je ne crains que de déplaire ; mais crois que je ferai l'impoſſible pour être aimé.

JULLER.

L'impoſſible !... L'expreſſion eſt plaiſante.

NERVILLE.

N'eſt-elle que plaiſante ?... Tiens, Juller, je t'ouvre mon cœur avec franchiſe ; ouvre-moi le tien. Ne ſerois-tu pas mon Rival ? J'en tremble de peur, & je ne te parle ainſi que pour me tirer de l'incertitude où je ſuis... S'il étoit vrai qu'elle t'aimât & que tu euſſes projetté de l'épouſer, il m'en coûtera, ſans doute, il m'en coûtera ; mais je ſaurai céder à ma fatale deſtinée ; ainſi, réponds....

JULLER, (*avec fatuité.*)

Non, mon ami ; heureuſement pour toi, je ne ſuis point ton Rival.

NERVILLE.

Embraſſe-moi.... Je ſuis au comble de ma joie, & tu ſeras déſormais le dépoſitaire de toutes mes penſées.

JULLER.

Tu le dois, & je l'exige... Nous autres hommes, dans nos mouvemens d'ouverture, nous ne nous faiſons pas ſcrupule de nous révéler mutuellement les ſecrets des femmes. Il n'eſt point d'indiſcrétion à redouter. Le nom d'ami ne permet jamais à un galant homme de n'être pas diſcret; & d'ailleurs, nos projets ſont à-peu-près les mêmes.

NERVILLE, (*avec joie.*)

Tu veux auſſi te marier?

JULLER, (*froidement.*)

Non, mon antipathie pour le mariage eſt ſi violente, que deux Epoux, même heureux, me font pitié.

NERVILLE.

Tu t'abuſes étrangement.

JULLER, (*riant.*)

Ecoute.... Oui, d'honneur.... Cela ſe rencontre à merveille, & nous nous accorderons fort bien enſemble.

NERVILLE.

Je ne t'entends point.

JULLER.

Tu vois par toi-même combien cette chere Madame Merval eſt adorable. Quelques obſtacles ajoutent des charmes à ſa beauté ! J'ai des vues ſur elle ....

NERVILLE.

Des vues ſur Madame Merval ! Mais elle eſt mariée ; elle a ſon Epoux.

JULLER.

C'eſt juſtement a cauſe de cela. Nos Demoiſelles ſont fort aimables ; mais avec elles on éprouve des embarras ſans nombre, des accidens preſque inévitables ; & toi-même, avant peu, n'en ſeras peut-être que trop convaincu.

NERVILLE.

Mais aimer une femme mariée, c'eſt s'ôter toute eſpérance, c'eſt vouloir aſpirer après un bien dont un autre eſt le poſſeſſeur légitime. Te préſerve le Ciel ....

JULLER, (*lui faiſant ſigne & regardant autour de lui.*)

Prends garde .... Non .... Heureuſement perſonne ne t'a entendu. Comme on riroit à tes dépens ! Mais je ſerois obligé d'en rougir pour toi.

NERVILLE.

Et moi je crains qu'on ne t'ait entendu parler d'amour envers une femme auſſi reſpectable .... Où cela peut-il te conduire ?

JULLER.

Mon pauvre Nerville ! Je t'aſſigne à un an & à pareil jour ; alors tu feras toi-même la réponſe ; elle te divertira beaucoup .... Cependant tu as rencontré plus d'une femme à laquelle on pouvoit raiſonnablement aſpirer ; & pour le peu de tems que nous avons été enſemble, je t'en ai fait connoître qui n'étoient pas douées d'une auſtérité farouche.

NERVILLE.

De qui me parles-tu ? Sont-ce là des femmes dignes d'être aimées ? On a beau dire ; toutes celles qui n'ont pas un cœur honnête, fuſſent-elles pourvues des plus rares attraits, n'obtiennent à la fin que des mépris ; & Madame Merval, je penſe, eſt bien éloignée de cette claſſe ....

JULLER.

Sans doute, ſans doute qu'elle eſt l'honneur de ſon ſexe ; mais en eſt-elle moins femme ? Ce mot dit beaucoup. Le Commentaire le plus long n'effleureroit pas la matiere. J'ai aſſez bien étudié ſon ſexe, pour ſavoir qu'il ne ſe connoît pas lui-même.

NERVILLE, (*ironiquement.*)

Et tu le connois mieux, toi ?

JULLER, (*d'un ton important.*)

Oui, la femme eſt ce que nous la faiſons.

NERVILLE, (*en le badinant.*)

En ce cas, tu perds bien du tems & des paroles !

Cette nuit, que d'extravagances infructueuses je t'ai vu faire ! Comme tu te tourmentois ! Et tu crois que les femmes ajoutent foi à toutes ces simagrées.

JULLER.

Lorsque je les badinois ; que je les plaisantois ; que je leur faisois un ridicule de leur pudeur, ne les as-tu pas vues toutes rougir : c'est par ces petits riens qu'on familiarise les femmes avec l'habitude de céder à nos desirs.

NERVILLE.

Tu meurs d'envie de t'étendre sur le chapitre de tes exploits.

JULLER.

Mais je ne puis dire à une femme que je l'aime, qu'elle ne me croye. Elles trouvent tant de plaisir à être aimées, qu'elles souffrent volontiers des hommages équivoques, pour peu qu'elles les interprêtent comme un effet de leur beauté. Celle même qui ne veut appartenir qu'à un seul, aime à être recherchée de plusieurs, & la plus sage n'a jamais pu se résoudre à détruire d'un seul coup l'espoir de ses Adorateurs.

NERVILLE.

Tous ces discours ingénieux ne gâteront jamais dans mon esprit le tableau que je me suis fait d'une union heureuse où régneroit cette confiance mutuelle, inviolable qui rapproche deux cœurs. Je ne crois pas que la volupté puisse habiter avec le crime : ce sont deux choses incompatibles, absolument incompatibles.

JULLER.

N'eſt-ce point là la morale avec laquelle tu donnas dernierement des vapeurs à ſix femmes ? Toutes déſerterent la place, & toi ſeul n'apperçus pas l'ennui dont tu étois la cauſe.

NERVILLE.

Peu m'importe de déplaire à des femmes amoureuſes de futilités, à de franches coquettes....

JULLER.

Avec quels yeux les as-tu obſervées, pour oſer aſſurer qu'elles ne le ſont pas toutes. Il n'en eſt pas une qui n'ait ſon genre de prétention ; & la petite Corbelle, avec ſa vertu d'apparat, ſi elle étoit conduite avec art & préparée par degré au dernier enchantement, ne réſiſteroit pas au tranſport d'un Amant aimé.

NERVILLE.

Tu te trompes : ſa pudeur ne ment pas ; elle eſt bien vraie, bien ſacrée : on diroit qu'elle n'a jamais ſongé qu'elle eſt belle.

JULLER.

C'eſt la fureur des femmes de vouloir paſſer pour inſenſibles aux yeux de leurs Amans. J'ai ſouvent obtenu les plus précieuſes faveurs, tout en les accuſant de cruauté... Uſe de ma recette, & tu verras par expérience qu'il y a à y gagner de toute façon.

NERVILLE.

Qui, moi ? Je pourrois faire ſon bonheur & le

mien, & je méditerois ſa ruine! Non, je ne ſerai point aſſez faux, aſſez perfide pour exciter la tendreſſe d'une fille ſenſible & ſage, & pour l'avilir enſuite pour prix de ſa confiance.

JULLER.

La perfidie! Quel terme! Et tout céla n'eſt qu'un jeu.

NERVILLE.

Quoi! le deshonneur d'une femme, la diſcorde d'une maiſon, le déſeſpoir d'un honnête homme trompé ... Ce ſont-là des objets plaiſans?

JULLER.

Mais elles y conſentent. Il faut être de ſon ſiécle : l'eſprit dominant fait loi.

NERVILLE.

Et l'amitié, la réligion, l'honneur ſeront comptés pour rien?

JULLER.

L'amitié, la religion, l'honneur .... Oh! finis avec tes grands mots. Ces conventions humaines ſont des conventions factices; & le cœur né libre, ne ſait point les reconnoître?

NERVILLE.

Il le doit. Il eſt un frein néceſſaire, utile à la ſociété, fait pour aſſurer à chacun ſon bonheur en paix, & ſurtout ſans remords ..... Si tu avois des principes.

JULLER.

Tu es bien bisarre avec tes grands principes ! Allons, mets-les en évidence, nous en verrons les fruits. Suis ton aventure avec la petite Corbelle.... Elle te menera jusqu'au sacrement, je t'en avertis.

NERVILLE, (*avec noblesse.*)

Ce n'est point-là ce que je redoute.

JULLER.

Oh! cela fera beaucoup d'honneur à ta sagacité.

NERVILLE.

Avant tout, je me pique d'être honnête homme.

JULLER.

Elle a de certains yeux gris.... Crois-moi, ne te presse point de devenir son Epoux : c'est un pacte cruellement litigieux que celui qui embrasse toute la vie ... Toute la vie ! songe donc.

NERVILLE.

J'y songe fort bien ; & plus j'y songe, plus je trouve qu'il n'est point de trésor au-dessus de la possession de celle avec qui je desire d'unir à jamais ma destinée.

JULLER.

Mais tente un peu l'avanture, quand ce ne seroit que par curiosité. (*Nerville s'éloigne.*) Tu ne veux plus m'écouter ?

NERVILLE.

Tranchons-là. Nous avons deux ames bien différentes. J'aime cette chere Corbelle plus que moi-même. Je n'userai point de desseins artificieux. Je ne saurai que la respecter & ne voudrai que chercher à lui plaire, à m'en faire aimer. Tant que la sœur n'aura point trahi la foi qu'elle doit à son Epoux, je croirai à la vertu, & j'y croirai longtems.

JULLER.

Et si je te rends incrédule ?

NERVILLE.

Avoue que tu es assez avantageux.

JULLER.

Mais on se connoît..... Si je t'annonçois sa défaite ?

NERVILLE.

Sa défaite !.. Visionnaire !.. Va, je ne doute point qu'elle ne te force à des sentimens conformes à la probité, & je ris d'avance de l'embarras où te jettera ton extravagante fatuité.

JULLER, (*un peu déconcerté.*)

Je veux te rendre faux Prophete. Tu ne recuseras peut-être pas un fait.... Mais j'entends Madame Merval. Laisse-nous, & vas mettre le tems à profit près de sa chere petite sœur.

NERVILLE.

Avant toi, mon cœur m'avoit ordonné d'y voler.

SCENE IV.

Madame MERVAL, JULLER.

M.me MERVAL (*entre sur la scene inquiete & rêveuse.*)

JE croyois le rencontrer ici.

JULLER, (*saluant Madame Merval.*)

Madame, vous cherchiez ....

M.me MERVAL.

Bonjour, Monsieur Juller; l'avez-vous vu ce matin?

JULLER.

Qui?

M.me MERVAL.

Qui? vous savez bien.

JULLER.

Ah! oui, Merval?

M.me MERVAL, (*soupire.*)

Vous n'êtes donc pas restés ensemble?

JULLER.

Non; il falloit tout de suite voler à une petite maison de campagne, pour je ne sais quelle partie de plaiſir. Je ne connois point d'homme qui ait des goûts plus changeans.

M.me MERVAL.

Mais, eſt-ce qu'il n'avoit point l'air chagrin, le ton ſombre ?

JULLER.

Bon; il rioit à gorge déployée. L'air chagrin! oh! ce n'eſt point là la phiſionomie qu'il porte avec nous.

M.me MERVAL.

(*A part.*) Le traître! Après nous être quittés avec autant de froideur.

JULLER.

Il faut que vous l'ayez rendu bien heureux, bien ſatisfait; car, je vous dis, il étoit d'une gayeté...

M.me MERVAL.

(*A part.*) Eſt-il poſſible!... Et vous ne ſavez pas où il eſt allé? Pardon, Monſieur Juller; mais vous l'accompagnez ordinairement. Oh! je n'aime point quand il s'en va ſeul & fâché.

JULLER.

Comment fâché! encore?

M.me MERVAL

Oui, Monſieur Juller; & chaque jour ne luit que pour m'affliger davantage.

JULLER.

Mais ſa joie étoit donc ſimulée.... Ah! Madame,

qu'il m'est cruel de voir la mésintelligence qui régne ici ! Vous ? faite pour rendre un homme fortuné, vous ne l'êtes pas. Je vous dirois .... mais l'amitié me force à me taire.

M.me MERVAL.

Dites-moi par quelle contrariété deux Epoux que tout semble avoir réunis pour s'aimer jusqu'au dernier instant de leur vie, travaillent chaque jour à se désunir, & cela malgré une certaine voix secrette qui les rappelle sans cesse l'un vers l'autre.... Monsieur Juller, vous êtes son ami.

JULLER.

Oui ; mais je ne m'aveugle point sur ses défauts.

M.me MERVAL.

Il en a donc ?

JULLER.

Je lui souhaiterois, entre nous, un cœur plus riche en sensibilité. Il manque d'une certaine délicatesse qu'on ne doit pas toujours attendre d'un mari, il est vrai ; mais dont il seroit redevable envers une femme de votre mérite. Je lui ai fait sentir cela plus d'une fois.... Mais il n'écoute pas volontiers ce qu'on lui dit à ce sujet ... Je voudrois qu'il eût mon cœur ; il sentiroit ce qu'il doit au rare assemblage de vos perfections.

M.me MERVAL, (*essuyant une larme.*)

Je vois tout ; mais je garderai le silence .... C'en est fait, Merval ne veut plus rien être pour moi .... Qui l'eût dit dans ces jours heureux où il m'a donné tant de preuves de ſon amour ! Jours fortunés ! vous ne reviendrez donc plus ... Une autre a ſu lui plaire. Je n'en doute plus ; mon malheur eſt certain .... Il ſeroit inutile, Monſieur, de vous interroger. Par un ménagement cruel, vous me tairez la vérité ; mais ſon infidélité eſt trop viſible pour que vous puiſſiez la déguiſer à mes yeux.

JULLER.

Madame, il ne faut jamais ajouter foi à tous ces rapports ; la calomnie les invente & les perpétue ; on doit toujours les ſuppoſer faux, pour ſa propre tranquillité. La vérité afflige, tourmente, & ne guérit point la douleur.

M.me MERVAL.

Ah ! je ne ſuis que trop informée des deſſeins qui ce matin l'ont ſitôt ſéparé de moi.

JULLER.

Cette partie qui étoit liée ? ... Elle eſt rompue.

M.me MERVAL.

Il ſe fait chaque jour un jeu de nos querelles : elles pourront devenir plus ſérieuſes qu'il ne l'imagine. L'ingrat ne connoît aucun ménagement. Il ſe plaît à aigrir la douceur de mon caractere. Je ſuis laſſe de ſes froideurs. Que dis-je ? Il oſe dans certains momens affecter de la tendreſſe.

JULLER, (*d'un air ſurpris.*)

Quoi, Madame !

M.me MERVAL.

Que je ſuis malheureuſe !

JULLER.

Je partage vos peines ; mais ce qui me déſole, c'eſt que vous vous rendez telle volontairement. Il faudroit un peu plus de courage, prendre un parti....

M.me MERVAL.

Et quel parti voulez-vous que je prenne ?

JULLER.

Vous avez un cœur qui s'eſt fortement épris. Il y a du danger à trop aimer un mari, ou du moins à paroître l'aimer. Prenez un extérieur plus indifférent : vous le gâtez par vos careſſes, par vos attentions ſans nombre. On vous voit toujours livrée à mille inquiétudes déplacées. Votre tendreſſe eſt trop vive ; un mari s'y accoutume & reçoit comme un tribut, ce qui, plus habilement ménagé, deviendroit une grace précieuſe.

M.me MERVAL.

O Ciel ! comment aimer & ne point livrer ſon ame à l'effuſion des ſentimens dont elle eſt remplie ? Comment contraindre des mouvemens ſi doux ? Quel ſera donc celui que je devrai déſormais fixer avec tendreſſe ? Où s'attachera ce cœur ſenſible ? Qui ſera mon ami ſi ce n'eſt mon Epoux ?

JULLER.

Vous vous êtes fait ſur le mariage un ſiſtême peut-être trop élevé. Vous croyez à une tendreſſe éternelle & ſans bornes. Mais de mille perſonnes mariées, les trois quarts & demi, au bout d'un an, ne ſont plus gueres liées que par l'eſtime, par un ſimple attachement, par une amitié tranquille & raiſonnée. Si l'on conſervoit la flamme & les tranſports du premier mois, l'on tomberoit dans un état dangereux; & le cœur, à force de ſentir, s'épuiſeroit & perdroit ſon activité pour tout autre objet.

M.me MERVAL.

Ah! c'eſt un effort bien cruel que de ne plus aimer celui qu'on a une fois choiſi! Il me ſemble pour moi que je préférerois autant de ne pas exiſter, que de ſentir mon cœur changé à ce point.

JULLER.

Que vous reviendra-t-il de vous livrer toute entiere au chagrin, de vous abſorber dans un ſeul objet, de ne plus vivre que dans les larmes... Il eſt dangereux de fonder ſon bonheur ſur le cœur d'un Epoux; c'eſt-à-dire, ſur ce qu'il y a de plus inconſtant dans le monde.

M.me MERVAL.

Je ne change point; pourquoi ſeroit-il autoriſé à changer? Mon cœur n'eſt pas formé autrement que le ſien; & ſi je chéris la conſtance, pourquoi ne la connoîtroit-il pas?

JULLER, (*comme ſortant d'une profonde rêverie*)

Employez un ſtratagême innocent.... Feignez de l'imiter; cela pourra le ramener. Plus on accorde à un mari, plus il s'attribue de droits nouveaux. Ils ſont tous des Deſpotes altiers qui augmentent la ſervitude des Eſclaves de leurs caprices, à meſure qu'ils paroiſſent plus ſoumis. Paroiſſez vouloir vous dérober au joug, & il voudra vous retenir. Il s'endormoit dans le charme de l'abſolu pouvoir; il s'éveillera pour ſentir que le bonheur pourroit lui échapper, s'il ne s'appliquoit à le mieux mériter.

M.me MERVAL.

Quoi, il ne m'aimeroit plus! Eh! qu'ai-je donc fait pour le rendre infidele? Aurai-je recours à des moyens qui ſeront encore plus cruels pour moi que pour lui.... Non, cher Merval, tu dois régner abſolument ſur ce cœur! Malheur à toi ſi tu abuſes de ton empire! Ah! tu ne ſais pas combien tu me fais ſouffrir.... Pardon, Monſieur, j'ai beſoin d'être ſeule. (*Elle ſe retire.*)

SCENE V.

JULLER.

ELLE revient toujours à Merval. Je ne puis voir ses larmes sans ressentir un dépit secret... Mais une femme aime à se venger d'un ingrat. Si j'ai bien étudié son cœur, elle ne connoît pas elle-même tout le fond de sensibilité qu'il renferme. Qui sait jusqu'à quel point peut varier une femme livrée à de si heureuses dispositions ?... Observons ses pleurs : mettons chaque soupir à profit. La douleur d'une femme est un véritable état de tendresse. Il vient un moment favorable ; & mon génie me serviroit mal, si je ne savois pas le saisir.

Fin du premier acte.

ACTE II.

SCENE PREMIERE.

Mademoiselle CORBELLE, NERVILLE.

M.lle CORBELLE.

EH quoi ! vous voilà encore ? Il n'y a qu'un moment, qu'à vos adieux, je vous croyois absent au moins pour deux heures.

NERVILLE.

Aussi Mademoiselle il y a bien plus longtems que je vous ai quittée, je vous le proteste.

M.lle CORBELLE.

Oh ! point du tout, s'il vous plaît ; voyez plutôt ; (*elle regarde à sa montre.*) vous êtes parti à dix heures quinze, & je pensois ....

NERVILLE, (*avec vivacité.*)

Et que pensiez-vous ? achevez, dites .... Pensiez-vous que je pourrois revenir bien vîte .... Auriez-vous remarqué la minute de mon départ, ou celle de mon arrivée ? J'aime à m'abuser : j'aime à vous représenter à mon imagination telle que je voudrois vous voir. Non, je ne puis me trouver

trouver content qu'à vos côtés. Cest-là que je ſuis bien. Il ſemble que le bonheur que vous enchaînez près de vous, faſſe rejaillir ſur moi ſes plus purs rayons.

M.lle CORBELLE.

Voilà une belle image.

NERVILLE.

J'aurai beau les choiſir, les aſſembler toutes, jamais je n'exprimerai qu'imparfaitement ce que mon cœur ſent ſi bien.

M.lle CORBELLE.

Patience : les louanges, les proteſtations, les ſermens même, vont bientôt couler de ſource.... Oui, Monſieur Nerville, vous ſavez conter les plus jolies choſes du monde. Je me fais même quelquefois un plaiſir de vous entendre. Je vous écoute avec intérêt ; mais parlez-moi avec franchiſe. Si mon cœur alloit ajouter foi à tous ces propos d'Amant, en vérité je vous amuſerois trop, & votre rôle ne dureroit pas aſſez longtems. Je ſais ce que je dois penſer ; ainſi je crois que nous pouvons l'un & l'autre continuer ſur le même pied.

NERVILLE.

Quoi, vous voulez toujours me déſeſpérer... Oui, dites-moi plutôt une bonne fois : Nerville, vous me déplaiſez ; je ne puis vous ſouffrir ; jamais vous ne parviendrez à trouver le chemin de mon cœur : dites-moi cela, Mademoiſelle, plutôt que de m'outrager, plutôt que de me croire du nombre de ces vils Adulateurs qui se font un passe-tems de feindre les plus beaux sentimens du cœur humain. Je ne conçois point ces êtres faux qui osent avouer une passion qui n'existe pas ; mais le mensonge de leur cœur doit passer sur leur front .... Voyez le mien ; appercevez - vous en lui quelques traits d'un vice si bas, si odieux, si révoltant ? ...

M.lle CORBELLE.

Là, là, tout doucement ; comme vous allez.... Je vous redoute, au moins. Je ne veux pas disputer avec vous ; & j'aurai plutôt fait, je pense, de vous croire.

NERVILLE, (*lui baisant la main.*)

Charmante, adorable & seule amie de mon cœur ! Ah ! n'en doutez pas .... Je voudrois renfermer un aveu, peut-être trop vif, trop précipité, & toujours il s'échappe malgré moi. J'ai beau me dire ; modere le penchant qui t'entraîne ; ne t'abandonne pas tout entier à son charme, peut-être hélas trompeur ; il faudroit savoir avant si tu es aimé ; si ce cœur, que tu adores, consent d'être à toi. Je ne puis imposer des loix au sentiment qui me maîtrise. Il s'exprime dans ma voix, mon geste, mes regards .... Dès que vous paroissez mon ame entiere vole vers vous. Tout décele un Amant passionné, vrai, sincere .... Méconnoîtrez-vous l'empire que vous avez sur moi, ou feindrez - vous de l'ignorer pour mieux me tourmenter ?

M.lle CORBELLE.

Paix, paix ... Mon Dieu, comme ces hommes

ſavent ſe tranſporter ! . . . Je n'ai qu'une réponſe à vous faire. Il y a huit ans que ma ſœur avoit mon âge ; j'ai entendu Merval lui tenir les mêmes propos. Je me ſouviens de l'avoir vu près d'elle, la regarder d'un air . . . . là, tout comme vous me regardez, juſtement, avec ces yeux là . . . . Eh bien, j'aurois répondu de l'union la plus parfaite, la plus durable ; ma ſœur ne l'eſpéroit pas moins. Elle croyoit à ſon Epoux de la meilleure foi du monde ; elle eſt devenue Madame Merval. Dites, vous êtes témoin aujourd'hui, auſſi - bien que moi, des ſcenes journalieres qui ſe paſſent : après cela, prononcez ſur ce que je dois penſer de toutes les proteſtations que fait un Amant.

NERVILLE.

Et pourquoi m'offrir une ſituation qui nous ſeroit étrangere . . . . Ah ! mon cœur ne me trompe point. Je ſerois trop fortuné pour que vous ne fuſſiez pas heureuſe. Le deſir de votre félicité me dévore, me conſume. Jamais le moindre nuage ne viendroit obſcurcir nos beaux jours. Près de vous, je défie la diſcorde de nous approcher . . . . Elle ! déſunir un inſtant nos cœurs ! Non, non, cela n'eſt pas poſſible.

M.lle CORBELLE.

Tout auſſi poſſible qu'entre Merval & ma ſœur, & je vous avoue que ſon exemple me détourne un peu . . . .

NERVILLE.

Ah Dieu ! qu'entends-je ! Devois - je m'attendre à cette injuſtice de votre part ?

Mlle CORBELLE, (*sérieusement.*)

Et de quel droit vous plaignez-vous, Monsieur?

NERVILLE.

De quel droit?... Ah la flamme la plus vive..

Mlle CORBELLE.

Merval en disoit autant; Merval a changé, &c....

NERVILLE, (*l'interrompant.*)

N'achevez pas.... Dites-moi, son Epoux ne partage-t'il point ces désagrémens domestiques? N'est-il pas de moitié dans ses peines, & pouvons-nous prononcer lequel souffre le plus? Je ne sais quelle est l'origine de leurs querelles; mais tous deux en sont les victimes. Croyez-moi; lorsqu'on est uni par des liens si étroits, les chagrins se partagent comme les plaisirs. Tout est commun; & dès qu'on s'estime, il faut risquer la vie ensemble.... Vous me parlez de quelques jours orageux; mais vous ne songez pas au nombre de jours sereins qui les ont précédés & qui sont prêts à renaître. Oui, ils renaîtront; j'en suis le garant. Deux cœurs honnêtes se reportent l'un vers l'autre par un penchant invincible; & si quelque foiblesse momentanée les sépare, c'est pour prêter un nouveau charme à leur réunion.

Mlle CORBELLE.

Voilà comme le pinceau sait tout embellir; mais la réalité dément un peu cette illusion flatteuse, ce coloris trompeur.... J'en crois l'expérience.

NERVILLE, (*presque en colere.*)

Achevez, cruelle, de saisir un prétexte odieux pour signaler votre indifférence. Achevez de désespérer un Amant qui ne respire que pour vous... Mais vous riez.... Ce que je vous dis, Mademoiselle, est cependant très sérieux. Je vois trop que vous ne m'écoutez que pour vous distraire.... Je suis désolé.

M.lle CORBELLE.

En vérité, vous n'êtes ni sage, ni ingénieux. Pour mieux me convaincre de la douceur d'un Epoux, vous commencez par me faire une querelle..... Que sera-ce donc?...

NERVILLE.

Mais s'il vous en coûte tant de prononcer un mot si facile à dire, favorisez-moi d'un signe de tête.... Laissez-moi lire dans ces beaux yeux l'assurance de votre tendresse... Vous les baissés... là, là, seulement un petit signe, & je suis le plus heureux des hommes.

M.lle CORBELLE.

Votre bonheur dépendroit d'un signe de tête? Non, non, je ne le crois pas; vous voulez m'aimer; je ne puis vous en empêcher.... Contentez-vous de m'aimer; oui, aimez-moi bien. En récompense je vous promets, si vous venez à me déplaire d'être assez reconnoissante pour vous en avertir sur le champ.... Etes-vous satisfait?

NERVILLE.

Je pourrois l'être davantage.... Vous soulevez, vous appaiſez mon ame à votre gré. Oui, vous êtes bien la ſouveraine de mon être. Cette ſuppoſition que vous venez de faire, me chagrine un peu; mais vous ſeriez bien ingrate, ſi vous teniez contre la force du ſentiment qui m'enchaîne à vous.

SCENE II.

Madame MERVAL, Mademoiſelle CORBELLE, NERVILLE.

M.me MERVAL, (*en entrant.*)

ET vous l'écoutez, ma ſœur!

NERVILLE.

Ah! Madame.

M.le CORBELLE.

Vous nous ſurprenez ainſi!

M.me MERVAL.

Tu rougis.... Va, chere petite ſœur, à ton tour, à ton tour.... Voilà les momens que j'ai paſſés & que je voudrois rappeller. Que ceux qui leur ont ſuccédé ne t'arrivent jamais!

M.le CORBELLE.

Et le ſûr moyen de les éviter, eſt de ne point ſe lier au ſort d'un ſexe inconſtant; & qui d'entre eux ne l'eſt pas?

NERVILLE, (*A Mademoiselle Corbelle, du ton du reproche.*)

Toujours !

M.me MERVAL, (*à Mademoiselle Corbelle.*)

Ce n'eſt pas cela que j'ai voulu te faire entendre, quoique je ne ſois plus heureuſe.

NERVILLE.

Vous n'êtes plus heureuſe ? Eh ! quel Démon trouble votre félicité ? Quand on a connu celle du cœur, je ne ſaurois concevoir comment on peut vivre ſans en jouir. Tenez, je n'ai point de foi à tous ces petits différens ; ils ne doivent être regardés que comme une ombre légerement diſtribuée dans le tableau du bonheur.

M.me MERVAL.

Ah ! Monſieur, que votre ſexe eſt quelquefois cruel ! Je voulois que ce ſecret mourut avec moi dans mon ſein. Juſqu'ici j'ai eu la force de renfermer mes chagrins, de m'interdire toute plainte ; mais ce courage me manque.

NERVILLE.

Votre douleur ſera bientôt un tourment pour l'ame noble de Merval.

M.me MERVAL.

Si vous ſaviez, Monſieur, ce qu'un cœur bien épris ſouffre des tiédeurs d'un Epoux ; ſes regards ſont moins affectueux ; ſa voix, quand il me parle, n'a plus la même tendreſſe ; l'indifférence a ſuccédé aux attentions les plus paſſionnées. Quelle révolution ! Et la cauſe en demeure toujours cachée.

NERVILLE.

Merval eſt un homme de bien : il vous a recherchée par amour : un tel ſentiment une fois conçu, ne s'altere point.

M.me MERVAL.

Tous mes vœux étoient jadis ſatisfaits. Merval étoit tendre & plein d'égards. Je jouiſſois même de l'avenir. Mais ce ſonge charmant s'eſt évanoui. Plus de confiance ; ſa conduite change de jour en jour.

NERVILLE.

Eloignez de tels ſoupçons. Merval n'eſt point infidele. Croyez-vous que par l'entremiſe d'un honnête homme il ſoit impoſſible de vous rendre votre Epoux ?

M.me MERVAL, (*ſe jettant dans les bras de ſa ſœur.*)

Ma chere bonne amie ! L'amertume eſt au fond de mon ame .... Reçois un aveu terrible ! Nous ſommes peut-être ſur le point de nous ſéparer.

M.lle CORBELLE.

Vous ſéparer ! ô Dieu !

M.me MERVAL.

Hélas ! croirois-tu que Merval me l'a preſque fait entendre, & je ne te dis pas encore tout ; je lui dois des ménagemens.

M.lle CORBELLE, (*pleurant à moitié.*)

Ma sœur ! . . Ah Monsieur ! . . . Comme je haïrois votre sexe . . . Tous les hommes peuvent être des Merval.

M.me MERVAL.

Ne dis rien contre lui, ne dis rien. Je l'aime, & ses droits sont toujours bien établis dans mon cœur.

NERVILLE.

Oui, Madame, aimez-le toujours malgré ses injustices. Il connoîtra ses erreurs. Vous lui serez plus chere . . . . Ah ! Mademoiselle, vous ne savez pas combien l'hymen a de puissance sur un cœur vertueux. Il peut s'égarer ; mais il revient plus tendre . . . . Non, un Epoux fût-il un monstre, ne pourra jamais haïr une femme qui n'aura pas cessé de mériter son estime.

M.me MERVAL.

Et vous, Nerville, est-il bien vrai que vous puissiez faire l'apologie d'un lien qui de jour en jour semble devenir plus à charge à votre sexe : ou vous aimez beaucoup, ou vous n'êtes pas sincere.

NERVILLE.

Je le suis : ce n'est point un sentiment aveugle qui me fait épouser une si belle cause. La plus saine raison la plaidera toujours avec avantage. L'himen, de toutes les institutions, est la plus sainte & la plus digne d'être observée. Elle confirme le penchant de deux cœurs sensibles. Il leur est impossible d'ajouter à ses nœuds, & que peut desirer de plus un honnête homme? Il se trouve assujetti, mais c'est pour être plus constamment heureux. La loi lui donne le gage perpétuel de sa félicité. La loi veille à prévenir l'instabilité qu'un moment d'erreur pourroit faire naître. J'avois toujours entendu parler avec respect de ce nœud sacré. En arrivant ici, jamais je ne fus plus surpris que de rencontrer une foule de petits personnages ironiques, tranchans, qui logeoient des ames sans vigueur dans des corps efféminés; je les entendis déclamer contre le plus auguste des liens, le plus utile à la société. Fiers d'idées subtiles & non moins fausses, ils se disent Partisans de la volupté & en connoissent à peine l'ombre. Ils versent le ridicule sur le mariage, & tout le feu de leur esprit ne sert qu'à parer la débauche. Voilà les Apologistes du célibat... Qu'ils viennent, ces Apologistes impies, je les confondrai, ou plutôt sont-ils dignes qu'on leur réponde? Non, ils se rendent justice en fuyant les plus touchans devoirs de l'homme. Ils ne sont faits, ni pour être époux, ni pour être peres, ni pour être amis.

M.lle CORBELLE.

J'en reconnois plus d'un à ce portrait, & les touches sont encore ménagées.

M.me MERVAL.

Ah! Nerville, je vous sais honnête, & je crois que vous êtes bien éloigné de leur ressembler.

M.lle CORBELLE.

Oui... Mais qui peut répondre...

NERVILLE.

Encore! cruelle, encore!... Epargnez ma sensibilité. Il ne tiendra qu'à vous de me faire adorer & bénir un titre que je brûle de porter.

SCENE III.

Madame MERVAL, Mademoiselle CORBELLE, NERVILLE, MERVAL, JULLER.

(*Merval & Juller parlent dans le fond du Théâtre.*)

JULLER, (*à Merval.*)

Tu ne feras jamais qu'un sot si tu écoutes ses larmes.... Parle en maître.... Mais, la voici; il ne faut pas rétrograder. (*Juller passe à côté de Madame Merval, lui fait une révérence profonde, & & dit fort haut à Mademoiselle Corbelle,*) Tous les jours plus jolie.

M.lle CORBELLE, (*froidement.*)

Et vous, tous les jours plus complimenteur.

MERVAL, (*dans le fond.*)

Elle ne me regarde point... Elle détourne la tête... Elle me dédaigne... Oui, Juller a raison. Allons, je n'encenserai plus son orgueil & je braverai ses dédains. Retirons-nous.

M.me MERVAL, (*ſur le devant de la ſcene.*)

L'ingrat! Il ne daigne point m'aborder, me voir... Il fuit ma préſence. Sortons, pour donner un libre cours à mes douleurs. (*Elle va pour ſortir.*)

MERVAL.

Non, reſtez, Madame, je vous en épargnerai la peine; c'eſt moi qui dois me dérober.

M.me MERVAL.

Ma préſence vous gêne. Suivez vos deſſeins, Monſieur; éloignez-vous de moi: allez chercher le plaiſir où vous comptez le trouver, les remords viendront vous punir, & votre conduite ....

MERVAL.

Ma conduite, Madame! ma conduite! Je n'en dois compte à perſonne; la mienne n'entraîne point de remords; mais la vôtre eſt d'oublier la modération & la douceur.

M.me MERVAL.

Eſt-ce moi qui vous fuis, ingrat? Si mon extrême douceur s'eſt quelquefois démentie, c'eſt vous qui m'y avez forcée; & quel cœur peut demeurer calme au milieu de ſi ſenſibles atteintes! Il faut que je vous ſois devenue bien odieuſe.

MERVAL.

Bien odieuſe! Et ſur quoi fondez-vous ...

M.me MERVAL.

Vous êtes complaiſant, ſenſible envers tout autre; vous n'êtes injuſte qu'envers moi.

M.lle CORBELLE, (*à part.*)

Dieu ! que va-t-il arriver !

NERVILLE, (*à part.*)

Que ne suis-je loin, ou que ne puis-je calmer !

MERVAL.

Je suis injuste ! Envers vous !

M.me MERVAL.

Et comment traiteriez-vous une femme que vous haïriez ? Ah ! je vous ai mal connu.

MERVAL, (*courroucé.*)

Vous m'avez mal connu !... Eh bien, vous me connoîtrez, Madame.

M.me MERVAL.

Je ne vous ai jamais imaginé tel, sans quoi j'eusse été plus tranquille.

MERVAL, (*avec une fureur contrainte.*)

J'en étois trop sûr pour en douter ; & c'est ainsi que vos paroles m'offensent.

M.me MERVAL.

C'est ainsi que vous insultez à mes larmes qui m'étouffent, qui coulent malgré moi.... Ah Dieu ! La mesure de mes afflictions est remplie : vous n'y pouvez rien ajouter.

MERVAL.

Des plaintes, des reproches ! Oh faites-moi grace de tous ces gémiſſemens.

M.me MERVAL.

Ils vous importunent ... Je vois votre projet. Il eſt trop bien marqué ; tout me le fait connoître ; votre indifférence, votre ton ironique ... Vous tendez à une ſéparation. Elle vous eſt facile, Monſieur ; la loi vous favoriſe.

(*Scene muette d'étonnement & de douleur entre Mademoiſelle Corbelle & Nerville.*)

MERVAL.

Vous la demandez, Madame ?

M.me MERVAL.

C'eſt vous qui dans le fond du cœur ne déſirez, n'attendez que ce moment, ne cherchez qu'un prétexte ...

MERVAL.

J'entends, Madame ; vous le faites naître, & vous voulez m'en laiſſer l'honneur.

M.me MERVAL.

Ah ! ſi mes yeux pouvoient lire dans le fond de votre ame ....

MERVAL.

Eh bien ? qu'y verriez-vous ?

M.me MERVAL.

Mépris, injuſtice, infidélité.

MERVAL, (*échauffé.*)

Vous croyez que mon cœur nourrit de tels ſentimens ?

M.me MERVAL.

Oui, Monſieur, je le crois ; aſſez de preuves me l'atteſtent. Ceſſez de diſſimuler. Débarraſſez-vous du fardeau qui vous peſe.

MERVAL, (*en colere.*)

C'en eſt trop, Madame, vous le voulez ; oui, oui, nous nous ſéparerons .... Ah ! tu ne crois plus à mon cœur. (*Madame Merval émue fait deux pas & voudroit courir à ſon Epoux. Juller ſe met au devant d'elle, & lui prend la main.*)

JULLER.

Ah ! Madame, que je ſuis déſeſpéré de tout ceci ; mais voilà qui eſt inconcevable ... Croyez-moi, n'irritez pas ſon courroux .... Dans un inſtant plus calme ...

MERVAL, (*dans le fond du Théâtre.*)

Je me retire ; je ne ſerois plus maître de moi. (*Il ſort.*)

NERVILLE.

Dans quel étonnement !

M.lle CORBELLE, (*courant à ſa ſœur & la ſerrant dans ſes bras.*)

Ah ! ma ſœur, ma ſœur ! Comment appaiſer cet

orage ? Quelle ſcene malheureuſe ! (*A Nerville qui s'avance humblement pour lui donner la main.*) Laiſſez-moi, Monſieur, laiſſez-moi. En tout tems votre ſexe fut injuſte, barbare; je veux le fuir & le déteſter à jamais. (*Elle donne le bras à Madame Merval, qui, dans ſa douleur, marche à pas lents & s'appuie ſur elle.*)

SCENE IV.

JULLER, NERVILLE.

NERVILLE.

VOILA qui eſt fatal. Malheureux moment ! Une ſcene pareille entre deux Epoux qui ne devroient que s'adorer. Ah ! ſi j'euſſe prévu cet orage . . . . . Ils en viennent au moins à des extrémités ſérieuſes.

JULLER.

Voilà qui eſt excellent. Tout va le mieux du monde.

NERVILLE.

Que veux-tu dire ?

JULLER.

Je vois bien que ceci te paſſe. Cette leçon eſt au-deſſus de ta candide intelligence. Ne me ſuis-je pas fait fort de te prouver . . . .

NERVILLE.

NERVILLE.

Tu veux me rappeller tes vains propos ... Oh! c'eſt une mauvaiſe plaiſanterie que tu n'auras pas pouſſée plus loin ; & dans ces circonſtances ...

JULLER.

Je ne m'arrête point ainſi dans ma carriere .... Tu crois peut-être que cette méſintelligence qui regne entre ces Epoux, eſt l'effet du haſard : non, mon ami, c'eſt moi qui prépare ces petits débats pour mieux la conduire où je veux la mener.

NERVILLE, (*ſurpris.*)

Qu'entends-je ! ... (*à part.*) Diſſimulons.... Laiſſons-le parler

JULLER.

C'eſt dans ces momens de douleur & de dépit que l'on ſurprend un cœur qui ſembloit ne devoir jamais ſuccomber, & la plus légere pente le fait aller loin.

NERVILLE.

Quoi ! c'eſt toi qui ſemes ici la diſcorde ..... (*à part.*) Poſſédons-nous.

JULLER, (*d'un air avantageux.*)

Va, perſonne ne connoît mieux que moi l'art de ſe gliſſer chez une femme. Je commence d'abord par me faire l'ami de la maiſon ; flattant les deux Epoux en particulier, peu à peu je deviens leur confident ſecret, l'homme néceſſaire. J'étudie leur goût, leur penchant, & les mets à profit.

J'excite de petites bouraſques que je ſais calmer à propos, en attendant que je faſſe lever la tempête ſérieuſe qui doit les ſéparer l'un de l'autre. Pendant ces premiers jours je ſurviens comme conſolateur. Je flatte, je propoſe des raccommodemens que je fais échouer; alors je manie à mon gré un cœur dont je connois les replis. J'y domine avec myſtere, mais avec empire; & ce qui m'amuſe beaucoup, c'eſt que l'Epoux aveuglé par ce génie favorable qui les rend tous confians, ne ceſſe point de m'être attaché... Je ne manque pas de bons amis.

NERVILLE.

Juller, ceci paſſe l'inconſéquence, la légéreté. Si l'on te connoiſſoit une ame pareille... (*à part.*) Je le demaſquerai, je rendrai ſes attaques vaines.

JULLER.

Détrompe-toi, mon pauvre Nerville; de telles infidélités ſont en honneur dans le commerce du monde.

NERVILLE.

Tu le crois donc peuplé de gens qui te reſſemblent?

JULLER.

Tu ne m'entends point; ce qui t'effraie eſt ce qui conſtitue la paix du ménage, ce qui la fera renaître ici. La femme n'eſt jamais ſi complaiſante, ſi douce, ſi attentive, que lorſqu'elle a une intrigue ſecrette à voiler. L'Epoux alors eſt preſque auſſi ménagé que l'Amant.

NERVILLE.

Et tu te crois déjà plus heureux qu'un Epoux.

(*A part.*) Feignons encore d'applaudir.

JULLER.

Chacun penſe ainſi, s'il n'agit pas de même.

NERVILLE, (*reprenant ſon caractere.*)

Chacun penſe ainſi ! .. Pour moi, ſi l'on m'imputoit injuſtement ce dont tu te glorifies, je regarderois cette imputation comme le plus ſenſible outrage ; & croyant mon honneur véritablement offenſé, j'en tirerois vengeance ſur l'heure.

JULLER, (*éclatant de rire.*)

Tu es vraiment original.

NERVILLE.

Ce n'eſt point-là un faux point d'honneur comme celui auquel les hommes attachent un ſi haut prix ... Quoi! le larcin deshonnore, & l'adultere ſource de tous les déſordres ne ſeroit point un crime infâme ?... Au reſte, je me plais à croire que tu renonceras à ton abominable projet.

JULLER.

Suis tes petites prétentions, & laiſſe-moi à mes grands deſſeins.

NERVILLE, (*avec force.*)

Tu ne les acheveras point.... Non.

JULLER.

Tu te fâches ; mais choiſis : il faut que j'aie Madame Merval ou la petite Corbelle ..... Ton Ange céleſte, ta rare Divinité ne tiendroit pas plus longtems contre moi. Les deux sœurs sont faites du même bois que le reste de leur sexe ; & quand le feu en approche, vert ou sec, il faut que cela prenne également.

NERVILLE, (*le fixant.*)

Tu m'excedes... Expliquons-nous un peu, je te prie... Ne dis-tu pas que Madame Merval... Acheve, parle donc.

JULLER, (*le regardant malignement & lui serrant la main*)

Va, mon ami, c'est comme chose faite.

NERVILLE, (*le fixant encore.*)

Tu veux me persuader que Madame Merval.... Réponds donc.

JULLER.

Le vent m'est très-favorable. Elle a exhalé un soupir à demi étouffé, qui exprimoit tant de sensibilité... Elle m'a regardé.... Quel plaisir il y a d'être aimé d'une femme dont la raison est formée ! La réflexion dirige sa tendresse & lui donne une prudence consommée. Tu as vu qu'ils alloient se séparer. Il ne faut plus qu'un instant...

NERVILLE.

Mais sa bouche auroit-elle avoué qu'elle te portoit le cœur qui appartient à son Epoux.... A-t-elle prononcé ?

JULLER, (*levant les épaules.*)

Prononcé ! Est-ce qu'une femme prononce ?

Va, mon pauvre Nerville, il se fait sur un visage des mouvemens si prompts, si légers, que l'œil connoisseur qui sait les saisir, lit les nuances des passions cachées, comme celles des passions visibles. Tu t'étonnes encore.

NERVILLE.

Tu m'en imposes.... Madame Merval ne sauroit être parjure à ses devoirs. La sœur de celle... Non, garde-toi de le penser. Sur qui faudroit-il compter ? Je croirois plutôt....

JULLER.

A un miracle qu'à la fragilité d'une femme ! Mais je les réconcilierai après les avoir brouillés. Oh ! c'est la regle. (*Nerville lui lance un regard d'indignation.*) Tu es indisciplinable, n'en parlons plus. Je te laisse à ton imagination moralisante. Je ne t'entretenois sur cette matiere, que pour débrouiller un peu tes idées provinciales fort confuses sur un pareil sujet.

NERVILLE, (*avec feu.*)

Tu viens de me percer l'ame. Je ne serai point témoin insensible du deshonneur de mon ami, & je n'en resterai pas là.

JULLER, (*étonné.*)

Que veux-tu dire ?

NERVILLE, (*très-sérieusement.*)

Il faut que tu me confirmes cette prétendue puissance que tu as sur le cœur de Madame Merval. Tu t'en es vanté. Je veux ſavoir ſi c'eſt avec quelque fondement. Il faut conſentir à paſſer pour un calomniateur, ou avouer que tu ne connoiſſois ni elle ni toi. Si tu me donnes preuve du contraire ....

JULLER.

Eh bien, ſi je te la donne ...

NERVILLE.

Alors je paſſerai par où tu voudras; & loin d'épouſer la ſœur, je ſerai le premier à mépriſer & à fuir un ſexe auſſi perfide; mais j'exige ...

JULLER.

Tu exiges ...

NERVILLE.

Oui, & je te parle ſérieuſement.

JULLER, (*avec un ſourire forcé.*)

Il te faut cette leçon? Il te la faut? Eh bien, on te la donnera, on te la donnera.

NERVILLE, (*avec force.*)

Je l'attends.

SCENE V.

NERVILLE, (*seul.*)

Je commence, mais trop tard, à pénétrer ce caractere pernicieux. Ce n'est point là cette légéreté ordinaire qui prend le ton du vice pour le ton du jour. C'est un vil imposteur!.... Voilà donc ces hommes qui sont admis, fêtés, caressés dans le monde, & dont on exalte l'esprit, sans savoir qu'il prend sa source dans un cœur vicié.... Mais comment Merval lui accorde-t-il son amitié, sa confiance, lui a-t-il ouvert ses foyers?... Ah! c'est l'homme qui a la meilleure opinion d'autrui. J'ai été moi-même séduit par cet extérieur poli & brillant, qui trop souvent ici est le masque de la fausseté... Dans quelles mains j'allois tomber, & que je rends graces au pere sage qui m'a appris de bonne heure à n'estimer les objets que par les degrés de ressemblance qu'ils ont avec la vertu!... Mais qu'il tremble; je ne souffrirai pas qu'on joue impunément mon ami.

SCENE VI.

Mademoiselle CORBELLE, NERVILLE.

M.lle CORBELLE, (*arrivant précipitamment.*)

JE vous cherchois, & j'ai à vous parler.

NERVILLE.

En quoi ai-je failli ?

M.lle CORBELLE, (*avec un peu de sévérité.*

Mais ...

NERVILLE.

Parlez, ordonnez ... Je suis prêt à réparer le malheur de vous avoir déplu.

M.lle CORBELLE.

Souvent on peut affliger une personne sans lui déplaire ... Il me paroît que vous êtes intimement lié avec Juller.

NERVILLE.

Je vous entends ... & je vous proteste bien que je ne suis rien moins que son ami.

M.lle CORBELLE.

Cet aveu m'enchante ... Dites-moi quelle impression a fait sur lui l'éclat de cette scene ?

NERVILLE.

Je ne puis dire qu'il en ait été affecté auſſi vivement que moi.

M.lle CORBELLE.

Je m'en ſuis apperçu.

NERVILLE.

Je ne puis encore parler. L'ombre même d'une imprudence m'allarme ; mais bientôt je pourrai répondre plus poſitivement.

M.lle CORBELLE.

Cet homme à coup ſûr eſt un traître ; & je lui attribue la méſintelligence qui régne entre ma ſœur & ſon époux.

NERVILLE.

Mais comment deux cœurs auſſi vertueux ne triompheroient-ils pas d'un mauvais génie ?

M.lle CORBELLE.

Oh ! voilà les hommes : ils ne veulent rien entendre. Merval eſt le plus honnête, le plus ſenſible de tous, & cependant il rend ſa femme malheureuſe.

NERVILLE.

Peut-être que ſa femme ... pardonnez ...

M.lle CORBELLE.

Ma ſœur eſt auſſi complaiſante qu'elle eſt généreuſe. Un excès de ſenſibilité peut avoir quelquefois emporté trop loin le langage de son cœur; mais par combien de vertus elle répare cet heureux défaut. Enfin, que la cause soit grave ou non, ils n'en sont pas moins prêts à se séparer.

NERVILLE.

Ah! je préviendrai cette rupture, je la préviendrai.

M.lle CORBELLE.

Il le faut; abordez Merval avec confiance; détruisez les inspirations secrettes de Juller. Le ton de la vérité & de la vertu a une force naturelle sur les cœurs droits; & s'il faut vous le dire, je croirai volontiers à l'éloquence de votre ame.

NERVILLE.

Lorsque je l'employerai pour un autre, elle sera plus heureuse que pour moi-même.

M.lle CORBELLE.

En la faisant servir à une cause si belle, vous ne devez pas craindre qu'elle vous manque dans toute autre occasion.

NERVILLE.

Je sens que je vous devrai son triomphe.

(*Il sort.*)

SCENE VII.

Mademoiselle CORBELLE, (*seule.*)

De jour en jour je m'apperçois que je l'eſtime davantage. Il ſait oublier l'intérêt de ſon amour, lorſqu'un autre intérêt le lui commande; mais plutôt ne confirme-t-il pas le premier... Ah! jugeons des bonnes actions en elles-mêmes, & ne remontons jamais au principe... Si Juller pouvoit être démaſqué, ſi la paix réconcilioit ces deux époux, cette paix ſi douce, & qu'un moment fatal à troublée.... Ah! la rupture eſt preſque auſſi ſérieuſe, que ſi elle avoit un fondement réel.

SCENE VIII.

Madame MERVAL, Mademoiſelle CORBELLE.

Mme MERVAL.

AH ! ma ſœur ! aide-moi à ſupporter mes ennuis. J'ai le cœur cruellement oppreſſé.

Mlle CORBELLE.

Ma ſœur ! remettez-vous. Ah ! j'étois bien éloignée de croire Merval.... Que les hommes ſont injuſtes !

Mme MERVAL.

Ne dis rien, ne dis rien contre lui. J'ai tort, oui, j'ai tort. Je lui devois plus de ménagement. Je ſuis ſon épouſe enfin, & je ſens que j'aurai toujours à me reprocher de n'avoir point ſçu paſſer ſur des riens qui ſont devenus de conſéquence.

Mlle CORBELLE.

Comment, ma ſœur ?

Mme MERVAL.

Oui, je me rappelle mille occaſions où mon ame a laiſſé échapper de ces traits d'humeur, qui, quoique légers, doivent être immolés aux regards d'un Epoux.

M.lle CORBELLE.

Tu te juges avec bien de la févérité ... Ah! s'il t'avoit aimée ...

M.me MERVAL.

Il m'aimoit, il m'aimoit, j'en fuis bien fûre ; & préfentement il ne m'aime plus. Il m'a été toujours cher ; il me l'eft encore aujourd'hui malgré fes injuftices ; & cette féparation, fi elle arrive, fera pour moi un coup mortel.

M.lle CORBELLE.

Vous me faites frémir !

M.me MERVAL.

Nous voilà nous autres femmes. Il femble que nous aimions la guerre, que nous nous laffions du repos ; & toujours exigeantes ou foibles, le combat une fois engagé, nous foupirons après la paix.

M.lle CORBELLE.

Elle reviendra, ma fœur, elle reviendra.

M.me MERVAL.

Heureufe dans mon infortune, j'ai trouvé une amie dans ma fœur ... Mais, pardonne, j'oublie toute la terre ; je ne m'occupe que de ma douleur, de moi feule .... Laiffe - moi lire enfin dans ton ame ; parle-moi fans détour ; tu ne hais point Nerville ?

M.lle CORBELLE.

Dis plutôt que je l'aime ... Son caractere fimple, ouvert & franc m'a toujours plu. Je n'hésite point à te l'avouer; mais j'attends encore... Il est si facile de se tromper.... C'est assez sur ce chapitre.... Réponds aussi ingénuement à ma question. N'aurois-tu pas fait un mauvais marché avec Merval; & par un certain respect ou une aveugle tendresse peut-être, ne couvrirois-tu pas ses défauts d'un voile officieux & discret?

M.me MERVAL.

Non, je ne fais que d'ouvrir les yeux. Le malheur m'a instruite, & je vais t'apprendre ce que j'ai découvert. Merval est toujours l'homme que j'ai vu, lorsque, pour la premiere fois, je lui donnai ma main. L'amour, dans les premieres années, nous voila réciproquement quelques foiblesses inséparables de l'humanité. Le premier fruit de nos amours, élevé d'abord sous nos yeux, servit à prolonger notre enchantement. Plus attachée, plus tendre que jamais, j'exigeois une tendresse égale à la mienne. Je ne voyois pas que je touchois à ce terme où nous sommes heureuses lorsque le cœur d'un époux gagne en amitié ce qu'il perd en amour. Je voulois voir Merval toujours Amant, toujours passionné, parce que je l'étois moi-même. Un premier mouvement d'humeur devint le germe d'un autre; & à force de l'aimer, je parvins à croire qu'il ne m'aimoit plus. Les hommes ne veulent point être importunés, même par le sentiment du bonheur. Mon cœur plaide en ce moment pour Merval. Oui, ma tendresse l'a quelquefois tirannisé. Je reconnois trop tard ma faute.

M.lle CORBELLE.

A parler vrai, Merval m'a toujours paru un bien galant homme, honnête, ſans orgueil, preſque ſans foibleſſe; cependant je l'ai vu depuis quelque-tems dire & faire des choſes qu'il ſembloit amener tout exprès pour te piquer, & ſurtout en préſence de Juller. Je te l'ai déja dit; je n'aime point à les voir enſemble.

M.me MERVAL.

Je voulois te parler de ce Juller. Je ne crois pas me tromper : ce triſte jour ſemble fait pour m'éclairer. Ne voudroit-il pas me faire ſa cour? T'en ſerois-tu apperçue?

M.lle CORBELLE.

J'attendois que tu m'en parlaſſes la premiere. Je l'ai ſurpris plus d'une fois qui épioit l'inſtant où nous nous ſéparions. Va, c'eſt un homme dangereux.

M.me MERVAL.

On ne l'eſt avec nous qu'autant que nous ſommes ſans méfiance. Il m'avoit paru juſqu'ici l'ami de mon époux & le mien; il m'avoit même inſpiré quelqu'eſtime, mais le bandeau tombe. Quelques mots recueillis m'ont dévoilé ſon cœur. Je me rappelle pluſieurs diſcours que j'aurois regardé alors comme un crime de mal interprêter; & je ſuis ſi étonnée, que j'ai peine à le croire.

M.lle CORBELLE.

Je n'ai jamais aimé ni ſon eſprit tout brillant

qu'on le suppose, ni sa phisionomie dont il est d'ailleurs si vain. Il a un certain regard auquel je ne me suis jamais fiée ... Je voudrois qu'il fût à mille lieues d'ici.

M.me MERVAL.

Le traître n'a fait encore que lever un coin du masque; il faut qu'il tombe en entier. Je veux voir jusqu'où peut monter la trahison d'un faux ami, & sur le bord de quel précipice son orgueil insolent se flattoit de conduire une femme que son honnêteté rendoit facile & confiante, mais qu'on n'aura point outragée impunément.

M.lle CORBELLE.

Oui, tu dois le confondre & le faire connoître à Merval qu'il abuse.

M.me MERVAL.

Mais notre petit cousin fréquente ce Juller, cela me fait de la peine. S'il épousoit ses principes, si celui-ci en faisoit son disciple ...

M.lle CORBELLE.

Ne crains rien, ma sœur, nous nous sommes expliqués à ce sujet... Il est bien différent, bien différent; à-présent même il est occupé à ménager une réconciliation prompte & parfaite.

M.me MERVAL, (*avec vivacité.*)

Eh bien, dis-moi, comment?

M.lle CORBELLE.

M.lle CORBELLE.

Nerville verra Merval. Une ame honnête a une éloquence touchante. Il réuſſira; crois-en le préſage de mon cœur.

M.me MERVAL, (*après un moment de ſilence, vivement & comme ſortant d'une inſpiration.*)

Faiſons mieux, ma ſœur! Allons retirer mon fils de ſa penſion! Tu ſais que Merval chérit ſon enfant. Que de fois nos regards ſe ſont croiſés ſur ſon berceau! En le contemplant, nous nous aimions davantage. Il ne pourra vivre ſous nos yeux ſans ramener ici la concorde.

M.lle CORBELLE.

Que je t'embraſſe, ma ſœur! Le projet eſt heureux, digne de toi; c'eſt le Ciel qui te l'inſpire. Vîte, allons le chercher ... Auſſi, pourquoi l'avoir exilé chez ce pédant? Je vous l'ai dit. Les enfans n'en ſont que plus mal loin de leurs parens, & cela porte toujours malheur.

M.me MERVAL.

Je n'ai oſé contrarier les idées que Juller avoit inſpirées à mon mari. Tu ſais qu'il ſe flatte d'être profond ſur le chapitre tant débattu de l'Education publique & domeſtique.

M.lle CORBELLE.

Le méchant! que je le hais! Un enfant de ſept ans courbé ſur des Auteurs latins, quand à peine il peut s'exprimer en françois; c'eſt apprendre de bonne heure & avec grande peine, ce qu'il oubliera dès la premiere année qu'il ſera au Régiment.

M.me MERVAL.

Tu penſes bien comme moi, ma ſœur; mais nous écoute-t'on.... Allons le chercher. Oh! comme il va ſauter de joie!

M.lle CORBELLE.

Un petit oiſeau échappant à tire-d'aîle aux griffes de l'épervier, ne s'évaderoit pas plus content, je vous en aſſure... Mais prenons garde à ce que perſonne ne devine notre projet. Il faut ſurprendre Merval, lui préſenter ſon fils & nous jetter tous à ſon cou!

M.me MERVAL.

Il n'y tiendra pas; il ſera attendri.... Cet enfant, ſes careſſes, mon repentir, mon amour...

M.lle CORBELLE, (*l'interrompant.*)

Partons: que ce bel amour ſoit l'ange de la paix, & qu'il ſerve à réunir deux cœurs faits pour s'aimer.

Fin du ſecond Acte.

ACTE III.

SCENE PREMIERE.

MERVAL, le petit MERVAL, UN DOMESTIQUE.

MERVAL, (*tenant son fils par la main.*)

(*A demi-voix à un Domestique.*)

ELLES sont sorties ?

LE DOMESTIQUE.

Oui, Monsieur.

MERVAL.

Y a-t-il longtems ?

LE DOMESTIQUE.

Monsieur, environ depuis une heure.

MERVAL.

Bon, & d'un air fort empressé, m'as-tu dit ?

LE DOMESTIQUE.

Oh ! oui, Monsieur.

MERVAL.

Veille à ce que personne ne puisse nous voir

avant que j'en fois informé. (*à part.*) Elle me connoîtra enfin ; elle apprendra combien je l'aime. La préfence de cet enfant ramenera l'union & la gaieté ; c'eft le fignal & le garant de notre réconciliation. Je me remplis de cette douce & agréable image... Eh bien, mon fils ?

Le petit MERVAL.

Papa ! oh ! que je fuis joyeux quand je me retrouve ici ! Tout m'y fait plaifir. C'eft aujourd'hui un beau jour pour moi, oh bien plus beau qu'un jour de congé ! Comme je l'attendois !... Mais courons à la chere maman ; il ne manque plus à mon bonheur, que de l'avoir embraffée.

MERVAL.

Attends donc qu'elle foit de retour.

Le petit MERVAL.

Qu'il me tarde de fauter à fon cou !... Eft-elle allée bien loin ? Si je favois de quel côté il faut aller, je courrois au devant d'elle & de toutes mes forces. (*Il fe met en devoir de courir.*)

MERVAL, (*l'arrêtant & le careffant.*)

Mais la parole te revient à cette heure. Pourquoi n'ofois-tu fouffler un feul mot dans ta penfion ?

Le petit MERVAL, (*faifant une petite moue, & d'un air un peu chagrin.*)

Mon cher pere, avez-vous jamais appris le latin ?

MERVAL.

Oui, mon fils, à ton âge j'étudiois beaucoup.

Le petit MERVAL.

Eh bien ! si vous savez le latin, pourquoi ne me l'enseignez-vous pas ? J'apprendrois bien mieux de vous tous ces mots difficiles, si longs à trouver dans le dictionnaire & si durs dans la bouche des maîtres.

MERVAL, (*à part.*)

Il m'embarrasse .... Mais, mon fils, chacun a son état..... Je m'occupe à présent d'autre chose.... Tu as donc une grande aversion pour le latin ?

Le petit MERVAL.

C'est que j'ai ordinairement un grand mal de tête quand il faut rester enfermé presque tout le jour dans une étude, & cela ne se dissipe qu'après que j'ai bien couru.

MERVAL.

Mon ami, on ne peut cependant pas toujours se recréer. Chacun s'applique sérieusement de son côté. Il faut se rendre utile, autrement l'on n'est qu'un fardeau dans la société.

Le petit MERVAL.

Mais, mon cher pere, est-ce qu'on est bien utile & bien riche quand on sait le latin ? Cependant ceux qui l'enseignent ont l'air bien pauvre, & n'ont pas grand esprit ... Je le sais bien, moi.

MERVAL.

Mon fils ! cette étude mene à des emplois que vous ne pouvez encore appercevoir, & là-dessus vous devez suivre mes volontés.

Le petit MERVAL, (*pleurant à moitié.*)

Ah ! je m'efforcerai à faire de mon mieux.... Si vous saviez pourtant comme nous souffrons tous sous ces maîtres. Depuis le maître de quartier jusqu'au Régent, c'est à qui nous chagrinera le plus. Ce n'est point-là votre douceur, votre esprit.... Ils ne disent jamais rien d'amusant.

MERVAL.

Allons, Merval, ne soyez plus enfant. Nous verrons s'il est possible de vous rendre ici l'étude plus agréable : vous y resterez.

Le petit MERVAL, (*avec surprise.*)

J'y resterai !

MERVAL.

Oui, & pour toujours.

Le petit MERVAL, (*avec la plus grande joie.*)

Ah, mon cher pere ! en grace, en grace, ne retractez point ce que vous me faites espérer. J'apprendrai ici tout ce qu'il vous plaira. Je saurai toutes les langues à la fois si vous le voulez, pourvu que ma chere mere ou vous me fassiez répéter. (*Merval caresse son fils.*)

UN DOMESTIQUE, (*qui entre.*)

Monsieur Juller, Monsieur.

MERVAL, (*prenant son fils par la main.*)

Dis à tout le monde que je suis absent. Je ne veux point qu'il me rencontre, & pour cause.... Viens, mon fils.

SCENE II.

JULLER, UN DOMESTIQUE.

JULLER.

PERSONNE à la maison?

LE DOMESTIQUE.

Personne, Monsieur.

JULLER.

On ne tardera sûrement pas à revenir?

LE DOMESTIQUE.

C'est ce que je ne puis deviner, Monsieur.

JULLER.

J'attendrai.

LE DOMESTIQUE, (*s'en allant.*)

Soit.

SCENE III.

JULLER, (*seul.*)

Ou sera-t-elle allée ? faire des réflexions .... Oh ! les réflexions ne peuvent que me la ramener .... Voici le moment ; le laisser échapper, ce seroit perdre tout le fruit de mon intrigue ... Dès la premiere entrevue, prévenons toute réconciliation. Il n'y a plus à différer ... Il faut ... Oui, c'est cela ... Ah ! je crois l'entendre avec sa sœur. (*Il se retire sur le devant de la scene.*)

SCENE IV.

Madame MERVAL, Mademoiselle CORBELLE. JULLER.

M.me MERVAL, (*avec affliction.*)

TOUT conſpire contre nous... Cruelle fatalité ! Un moment plutôt... Chere ſœur, il me l'a enlevé.... Nous ſommes arrivées trop tard..... J'interroge tous les domeſtiques ; ils ſont muets... Je m'attendois du moins à le trouver courant dans le jardin. Je ne vois ni le pere ni l'enfant..... Ah ! ſe ſont-ils encore éloignés de moi pour mieux me punir.

M.lle CORBELLE.

Voilà un tour perfide... Je vais faire mes enquêtes, après nous verrons. Oh ! fut il caché au centre de la terre, je le trouverai, je le trouverai. (*Elle s'élance avec legéreté.*)

SCENE V.

Madame MERVAL, JULLER.

JULLER.

PUIS-JE vous ſervir, Madame, dans la recherche que vous faites ?

M.me MERVAL, (*d'un ton grave.*)

Vous m'attendiez, ſi je ne me trompe..... (*à part.*) Je vais enfin te connoître.

JULLER.

Je l'avouerai ; tout m'enchaîne où vous êtes. Je ſuis mal où vous n'êtes pas ; quelque plaiſir qui m'environne, je ſens que loin de vous il me manque quelque choſe ... Expliquez-moi donc la cauſe de ce que j'éprouve... Ne craignez point de m'ouvrir votre cœur ; nous ſommes amis ; nous le ſerons longtems, j'eſpere ; vos intérêts ne different point des miens ... Je vous jure que c'eſt au prix de ma vie, que je voudrois payer le bonheur de la vôtre.

M.me MERVAL.

Monſieur, ne vous intéreſſez-vous point un peu trop en ma faveur, & ne craignez-vous pas d'avoir affaire à une femme qui ne pourra jamais s'acquitter envers vous, car je ne ſais comment reconnoître tant d'attachement.

JULLER.

Peut-on voir l'ingratitude de votre Epoux, & demeurer inſenſible ? Qui, vous connoiſſant, ſe perſuadera jamais qu'aucun homme, à l'exception de votre mari, vous préfere une autre femme ?

M.me MERVAL.

Je ne vous entends point.

JULLER.

Peut-il ainſi traiter votre beauté ? Tant de perfections réunies... Il ne connoît point le prix dont vous êtes..... Merval eſt depuis aſſez longtems heureux... Il a été votre adorateur ; c'eſt un tribut que tous les hommes vous doivent après vous avoir vue.

M.me MERVAL.

A moi, Monſieur ?

JULLER.

Le contentement, le bonheur, ſont encore des biens en votre pouvoir.

M.m MERVAL.

Je voudrois que le ſuccès fût entre mes mains. Il n'y a rien que je ne fiſſe dans cette vue ; mais quel aſcendant peut-il me reſter ſur un Epoux, après ce qui vient de m'arriver ?

JULLER.

Quelle infortune pour moi que vous ne m'ayez pas été deſtinée. Jamais vous n'auriez eſſuyé les chagrins qui vous tourmentent... Ah ! pourquoi vous ai-je connue trop tard... J'envie le sort de Merval ; mais, si j'ose le dire, une femme ainsi dédaignée, n'a plus de raison valable pour demeurer indifférente aux soins d'un consolateur.

M.me MERVAL.

Est-ce vous qui parlez, Juller ?

JULLER.

Me croyez-vous le plus aveugle des hommes ? Seriez-vous à deviner le penchant qui m'entraîne vers vous ? Tout a dû servir à vous le confirmer. Ah ! lisez votre victoire dans mes yeux.

M.me MERVAL.

Vous ! mais vous oubliez...

JULLER.

Et quel autre pourroit mieux vous convenir ? Le sort nous favorise. Nous demeurons tout près l'un de l'autre. Je pourrai vous voir, vous adorer à chaque heure du jour. Nous nous aimerons comme ces Epoux dont vous vous faites une si charmante idée. Je veux être avec vous comme le vôtre devroit y être.... C'est moi qui sais aimer. Votre bonheur sera sûr. Un voile impénétrable couvrira cet heureux mystere. Vous verrez qu'il ajoute un nouveau prix.... Vous m'entendez bien ?

M.me MERVAL.

Oui, je vous entends... A votre tour, écoutez-moi.

JULLER.

Ah!

M.me MERVAL.

Répondez-moi, Merval est-il votre ami?

JULLER.

Ami? mais oui, comme on l'est à Paris.... Pourquoi mêler son nom à nos entretiens?... Vous me permettrez, d'ailleurs, de m'aimer plus que lui.

M.me MERVAL.

Il m'avoit semblé que la plus sincere affection vous attachoit à Merval; c'étoit même ce motif, je pense, qui vous avoit déterminé à venir dans cette maison pour habiter ensemble, afin que les occasions de vous voir fussent plus multipliées.

JULLER.

Ah! Madame, que dites-vous? Avez-vous pû méconnoître le véritable & unique motif qui m'ait attiré près de vos charmes?

M.me MERVAL.

Quoi! ce n'étoit donc pas Merval?

JULLER.

Non, je vous le jure.

M.me MERVAL.

Et quand vous le serriez sur votre sein, en lui protestant qu'il étoit votre plus cher ami, vous lui en imposiez donc?

JULLER.

Ce n'étoit pas lui ; c'étoit vous que j'embrassois.

M.me MERVAL.

Mais concevez-vous que c'étoit une trahison ?

JULLER.

Une trahison !

M.me MERVAL.

Vous ne regardez pas comme un crime de la plus grande noirceur de dérober à un ami l'affection & la fidélité de sa femme ?

JULLER.

Madame, un Amant bien épris croit tout légitime, & vous savez qu'il est des maris négligens qui méritent assurément tout ce qui leur arrive.

M.me MERVAL.

Il est des maris qui méritent qu'on les trahisse ? Supposons que mon Epoux ait des torts envers moi, que vous a-t-il fait à vous pour venir dans sa propre maison lui ravir le cœur de son Epouse ? Il vous aime ; il vous croit sincere ; il vous confie ce qu'il a de plus caché. Vous méditez tranquillement son malheur & son opprobre. Vous souriez tout bas de sa crédulité ; vous le carressez pour mieux lui percer le cœur. S'il me mettoit dans le cas de ne plus l'aimer, quel droit auriez-vous de le tromper & de le haïr ?

JULLER.

Madame, ces discours sont de l'ancien tems, &

voilà une morale surannée. Ne puis-je vous aimer sans le haïr? On n'est point trompé alors qu'on ne soupçonne point l'être. Votre Epoux est étranger à la cause que nous traitons. Elle ne le touche pas. Ne brouillons point les objets, de grace. Merval n'a rien à démêler ici.

Mme MERVAL.

Vous demandez que je m'engage avec vous dans une liaison qui me rendroit parjure au serment que j'ai fait à la face des autels, au fond de mon propre cœur, entre les mains d'un Epoux à qui je dois tout. Je tramerois une trahison, ou plutôt la mort contre l'Amant que j'ai choisi, que j'ai préféré à tous, contre le pere de mon enfant!... Mais, Monsieur, ne voyez-vous pas quelque chose de noir, d'injuste, d'infâme dans un procédé pareil? Seroit-il possible que vous chérissiez longtems la perfide qui viendroit de se deshonorer à ses propres yeux? Je doute même que vous l'ayez jamais pensé. Je vous aurois donc paru bien fausse, bien vile, bien méprisable... Non, Monsieur, dites plutôt que vous avez voulu m'éprouver... Cessez toute dissimulation, & rendez-moi la justice que vous me devez, & que je suppose reposer encore au fond de votre ame.

JULLER, (*se retourne étonné, court ouvrir la porte d'un petit cabinet voisin, & y regarde.*)

(*En revenant.*) Vous m'avez fait grand peur! J'ai vraiment cru que quelqu'un étoit caché-là qui nous écoutoit... Ce n'est qu'en public qu'on fait la montre & l'étalage de tous ces beaux sentimens que personne n'adopte en particulier, que tant d'exemples détruisent, & qu'on abandonne enfin à la triste plume des Moralistes modernes. N'avez-vous pas devant les yeux celles à qui leurs Epoux sont étrangers ? Faut-il vous les nommer ? .... Mais c'est un usage reçu.

M.me MERVAL.

Je ne vois rien que ce qui me paroît digne d'être imité. Je ferme les yeux sur le reste.

JULLER.

Je lis dans votre ame .... Vous craignez .... Reposez-vous sur mon expérience, rien ne percera au dehors.

M.me MERVAL, (*avec dignité.*)

Arrêtez : j'en ai trop entendu; mais il falloit vous laisser parler, pour mieux vous connoître, pour mieux juger la profonde noirceur de votre ame. Vous vous êtes trompé, & vous m'avez mal connue. Je suis loin de vous aimer, & la maniere dont je vous le dis doit vous en convaincre. Merval est le seul homme qui me soit cher ; & si j'avois eu le malheur de changer à son égard, mon cœur, pour être injuste, seroit loin d'être coupable. Je vous plains d'être si méprisable à mes yeux. Vos pareils sont le fléau de la société & les auteurs de tous ses désordres. Il est des criminels condamnés sur l'échaffaud à des supplices publics qui n'ont pas causé tant de maux, & qui ont été bien moins lâches; & je ne trouve plus

ici

ici de termes pour exprimer l'horreur que m'inspirent ces hommes vils & perfides qui ne se disent les amis d'un homme confiant & vertueux, que pour venir d'un front plus assuré, souiller le lit où son cœur se repose.

JULLER.

Mais, Madame ...

M.me MERVAL.

Rougissez; & si votre cœur n'est pas entierement corrompu, connoissez le répentir, ou du moins la honte. Abjurez cet esprit faux & séducteur, qui vous sera funeste à vous-même. Félicitez-vous de m'avoir trouvée ferme contre vos discours. Je vous ravis le pouvoir de faire une infortunée, & vous épargne de nouveaux sujets de remords.

JULLER, (*voulant changer de ton.*)

Je vous reconnois, Madame; il faudroit ne vous avoir pas fréquentée pour s'attendre à d'autres paroles .... Pardonnez : tout ceci n'étoit que pour entendre de votre bouche le vrai ton d'une honnête femme qui répond à certaines propositions. Ce ton est assez rare, & c'est même la premiere fois que je l'entends s'exprimer aussi noblement.

M.me MERVAL.

La crainte vous oblige à vouloir me donner le change sur votre bassesse. Allez, elle vous met à l'abri de toute vengeance. Mon Epoux doit ignorer un aussi méprisable dessein. Comme cependant vous vous êtes intéressé à quelques-uns de nos démêlés que vous avez même pris ſoin d'aigrir, & que je vous vois maintenant au grand jour ; c'eſt à vous de chercher quelque prétexte honnête pour quitter cette maiſon. Je ſuppoſe que mon aſpect vous feroit un reproche perpétuel ; & je veux vous éviter l'affront de rougir devant une femme que vous avez offenſée, & qui vous pardonne l'ignorance où vous étiez de ſes principes.

SCENE VI.

Madame MERVAL, Mademoiſelle CORBELLE, JULIER.

Mlle CORBELLE, (*accourant.*)

VENEZ vîte, ma ſœur, venez vîte Je l'ai trouvé. Oh, pour le coup, je le tiens. Je ne eux pas vous en dire davantage. Digne épouſe ! h:ureuſe mere ! venez. (*Elle entraîne ſa ſœur.*)

SCENE VII.

JULLER.

QUI ſe feroit attendu à un pareil trait ! Eſt-ce haine, artifice, diſſimulation ? .. Je ne la croyois pas d'un caractere ſi altier.... Ces phiſionomies douces ſont quelquefois d'une fierté... J'aurai mal pris mon tems... Auſſi je voulois attendre.... Comme elle m'a traité !.. Si l'on ſavoit cela... Ces femmes ! Eh bien, voilà la premiere, & je ſens que mon orgueil s'en enflamme... Oh ! que j'aurois de plaiſir à me venger !... Si je la ſubjuguois, comme je lui ferois payer cher le dépit dont je me ſens rongé : elle dévoreroit à ſon tour... Mais, qui ſait après tout... Je ne crois point à cette vertu qui ſonne ſi haut. Telle après avoir proféré d'auſſi beaux diſcours avec un appareil impoſant, ſe rend à bas bruit & garde le ſecret. Nous verrons. Je n'abandonne point mon projet. Je changerai ſeulement de batteries : plus cachées elles ſeront plus ſûres.

SCENE VIII.

JULLER, NERVILLE.

JULLER.

Eh bien ? qu'y a-t-il de nouveau ?... Te voilà triste, abattu...

NERVILLE.

Je n'ai pas lieu d'être satisfait.

JULLER.

Quand on aime comme toi, cela ne peut être autrement.

NERVILLE.

Les chagrins qui oppressent le cœur de Madame Merval passent dans le cœur généreux de sa sœur... Je suis prêt de tomber dans une mélancolie affreuse.

JULLER.

Il t'est donc arrivé une disgrace sérieuse ?

NERVILLE.

Tout ce que je redoutois. Mademoiselle Corbelle aigrie contre notre sexe, ne veut plus entendre parler de mariage... Je viens de lui faire les propositions les plus respectueuses, les plus passionnées. Savez-vous ce qu'elle m'a répondu ?

Monsieur, je ne crois plus à aucun homme après ce qui vient de se passer.

JULLER.

Fort bien; tu mérites cela.

NERVILLE.

Et pourquoi?

JULLER.

Je te l'ai dit, mais tu ne veux pas m'en croire: voilà ce que c'est que d'être si respectueux, si passionné.

NERVILLE.

Toi qui te piques de l'être moins, serois-tu plus heureux?

JULLER.

Mais....

NERVILLE.

Il m'importe de le savoir. Tu devois tirer d'elle un aveu; tu t'en es vanté, du moins.

JULLER.

Eh bien, mon ami, apprends....

NERVILLE.

Acheve....

JULLER, (*à voix basse.*)

Apprends que tout est dit.

NERVILLE.

Quoi ! Madame Merval auroit écouté . . Non, non . . .

JULLER.

Paix. Tu feras donc toujours candide ; tu ne croiras encore rien de tout ceci.

NERVILLE.

Elle feroit d'accord pour trahir fon Epoux !

JULLER.

Elle eft femme . . . comme les autres . . . du fecret.

NERVILLE, (*avec chaleur.*)

Il n'eft pas poffible.

JULLER.

Je n'ai point d'orgueil ; mais je ne vois point qu'il y ait tant à fe récrier.

NERVILLE.

Quoi, elle ne t'a point fait rougir ! Je me ferois trompé !

JULLER.

Tu es bien né pour l'être.

NERVILLE.

Et pour détefter la perfidie . . . Si Madame Merval a pu trahir fon Epoux, je ne réponds plus d'aucune femme. Je ne veux plus former aucun nœud, puiſque les plus ſaints ſont violés. Je les briſe tous. Je ne crois plus à l'amitié, à l'honneur, à rien ſur la terre... Tout cela me jette dans une miſantropie... Autant n'être plus au monde. Où s'eſt donc réfugiée cette probité, cette candeur qui fait le charme de la ſociété... Tout eſt perverti; pas un cœur, peut-on y penſer ſans frémir, qui ne recele la trahiſon !

JULLER.

Encore des déclamations ? Du moins ne vas point faire ſoupçonner... Je veux bien te confier le petit arrangement que nous avons fait enſemble. Pour mieux tromper l'œil d'autrui, nous ſommes convenus qu'elle feroit des careſſes en public à ſon Epoux; (car je lui ai enjoint d'abord de ſe raccommoder avec lui.) il eſt arrêté enſuite que nous paroîtrons d'une froideur extrême : quand je dis extrême, je veux dire raiſonnée, ſauf à nous en dédommager... Enfin, nous devons jouer un rôle fort comique & qui te ſurprendra dans quelques momens.

NERVILLE.

Quoi, ce feroit elle qui ſe prêteroit à cet artifice !... La ſœur de celle... (*avec fureur.*) Garde-toi... N'inſulte pas...

SCENE IX.

Madame MERVAL, JULLER, NERVILLE, Mademoiselle CORBELLE, (*portant le petit Merval entre ses bras.*)

M.lle CORBELLE, (*avec une vivacité joyeuse.*)

CACHONS à notre tour notre conquête.... Je l'ai enfin emporté après m'être mise en embuscade... Il est à moi... barricadons les portes.... qu'il n'entre pas... Vengeons-nous.

Le petit MERVAL.

Chere Tante! laissez entrer le cher Papa.... Savez-vous bien que c'est lui qui m'a amené ici.

M.me MERVAL.

Je te revois, mon cher fils!... Que je baise encore ce front aimable où je démêle déjà les traits d'un Epoux... Ah! pourquoi t'a ton éloigné d'une mere qui mettoit ses plus cheres délices à veiller sur ton enfance: reste avec moi, mon fils, reste avec moi; nous ne sommes point faits pour être séparés.

Le petit MERVAL.

Nous ne le ferons plus, Maman; le cher Papa me l'a tantôt promis.

SCENE X.

LES ACTEURS PRÉCÉDENS, MERVAL, (*entrant tout-à-coup.*)

OUI, oui, je l'ai promis & je tiendrai parole... Ah! ah! vous me l'avez volé, mais je le réclame.

M.me MERVAL, (*prenant son fils avec transport & le présentant à son Epoux.*)

Mon fils! rends-moi le cœur de ton pere!

MERVAL, (*recevant son fils & le baisant.*)

Eh! c'est moi qui voulois te le présenter, pour qu'il fît notre paix.

M.me MERVAL, (*tombant en larmes dans les bras de son Epoux.*)

Elle est faite, elle est faite!.. En embrassant le fils, ne songez plus qu'à la tendresse de sa mere.

MERVAL, (*essuyant une larme.*)

Nous avons eu tort tous deux, lorsque nous avons cru que nous ne nous aimions plus.

M.lle CORBELLE, (*soulevant l'enfant qui baise à-la-fois le pere & la mere.*)

Tenez, tant qu'il sera ainsi entre vous deux, c'est lui qui vous commandera de bien vous aimer. (*Posant l'enfant à terre, & serrant sa sœur entre ses bras.*) Ah! chere sœur, quel moment pour mon cœur, & comme il goûte ta joie!

M.me MERVAL, (*avec dignité à Juller.*)

Monſieur Juller, ſoyez témoin d'une réconciliation auſſi parfaite que nos cœurs pouvoient la deſirer. Je retrouve mon Epoux tel que je l'ai toujours connu. Félicitez-moi ; voyez cet enfant qui ne ſortira plus de deſſous nos regards. Aſſurez-vous d'après notre exemple qu'il n'eſt rien de plus reſpectable que l'union conjugale, comme il n'eſt rien de plus cher à nos cœurs.

JULLER, (*troublé.*)

Madame, je ſuis très-charmé, & vous pouvez croire . . .

MERVAL, (*à Juller.*)

C'eſt vous qui m'aviez conſeillé de le mettre en penſion chez ce maudit Pédagogue. L'ennuyeux perſonnage ! Sa phiſionomie ſeule dégoûteroit de la ſcience. J'étois tombé d'accord ſéduit par vos longs raiſonnemens. Je l'avois ôté à ſa mere pour le donner à un homme qui enſeigne tout ce qu'il ne ſait pas. Mais depuis un an qu'il n'étoit plus ici, il ſembloit qu'il ſe fût mis une malédiction dans notre ménage. Nous ne ſavions plus de quoi nous amuſer l'un & l'autre. Madame vouloit ceci, Monſieur vouloit cela ; c'étoit chaque jour de nouvelles contrariétés.... Oh ! j'ai remis les choſes ſur l'ancien pied, & tout n'en ira que mieux : (*prenant ſon fils par le menton.*) ce ſera-là le point de ralliement. (*A Madame Merval.*) Ma femme, je te laiſſe ; tu l'éléveras à ta mode. Il a ſept ans paſſés, je te le confie juſqu'à dix, après quoi je m'en charge. Nous verrons... Mais point de College ;

l'instruction domestique est plus générale, plus touchante & vaut mieux, sans doute. Dans les Colléges, il est un danger presque inévitable pour les mœurs. Et où peut-il en recevoir de meilleures qu'ici? (*A Juller.*) Je sais bien que vous m'allez répéter tout ce que vous m'avez dit là-dessus cent fois. Vous avez une éloquence terrible; mais sur cet objet je n'en croirai que ma logique. J'agirai d'après elle, s'il vous plaît.

JULLER.

Agissez, Monsieur, agissez à votre gré; mais pourquoi me compromettre ...

MERVAL.

Oh! je ne dis rien.... Vous êtes mon ami, après ma femme, s'entend; mais puisque je suis en train, je vous prie de ne vous mêler en aucune façon de nos affaires domestiques. Je ne vous demanderai plus de conseils qu'en fait de plaisirs. Ce nouveau langage vous étonne; mais j'y ai réfléchi, & encore un coup, j'ai mes raisons.

M.me MERVAL.

Tant que nous serons unis, cher Merval, je défie le sort de nous porter de sensibles atteintes. Monsieur Juller nous a entendus; il sait ce qu'il a à faire, & je le crois trop poli, trop versé dans l'usage du monde, pour ne pas condescendre à nos prieres.

JULLER.

Je me suis toujours fait une loi de régler mes volontés sur vos desirs, Madame....

NERVILLE, (*à Juller.*)

Tu me parois bien mal à ton aiſe ; c'eſt pour la premiere fois que je te vois dans l'embarras.

JULLER, (*à voix baſſe.*)

Laiſſe-moi faire mon rôle ; elle fait le ſien à ravir.

NERVILLE, (*à demi-voix.*)

Quel rôle !.. Si j'en ſuis le ſpectateur indifférent, j'en deviens le complice.

JULLER.

Tais-toi.

NERVILLE, (*haut.*)

Non, voilà trop longtems que je combats ; c'eſt mon cœur que je conſulte.

JULLER.

Encore une fois.

NERVILLE.

L'honneur me dicte en ce moment ce que je dois faire, & je n'écoute plus d'autre voix.

MERVAL, (*étonné.*)

Que veut-il dire ?

NERVILLE.

Ce n'eſt point violer un ſecret ; c'eſt rendre un hommage indiſpenſable à la vérité ; c'eſt honorer la vertu ; c'eſt démaſquer & flétrir le vice.

JULLER, (*courroucé.*)

Eh que prétends-tu ?

NERVILLE, (*à Merval.*)

Monſieur Merval, donnez-moi la main ; je la ſerre, & ce n'eſt point pour vous trahir. Vous êtes un homme que j'eſtime, & je ſouffre trop en ce moment pour vous : voici la plus perfide des femmes, ou le plus infâme des hommes. Choiſiſſez.

MERVAL.

Nerville, tu m'interdis ; je ne comprens point...

M.me MERVAL.

Dans quelle ſurpriſe !

NERVILLE, (*en montrant Juller.*)

Il eſt un calomniateur abominable, ou vous êtes . . . (*s'inclinant devant Madame Merval.*) Pardonnez ; ce n'eſt pas vous qui portez ſur le front l'empreinte du crime. Mais toi, dont le regard traître & ſombre ſemble vouloir me dévorer ; toi, dont la bouche inſolente a oſé flétrir la vertu la plus pure, tombe à ſes pieds, demande-lui grace, avoue le plus noir menſonge...

JULLER.

Que ſignifie cette incartade provinciale ? Es-tu fou ?

NERVILLE.

Tu baiſſes les yeux malgré ton impudence ordinaire. Tu n'oſes me regarder en face. Je lis ſur ton front la pâle contenance de la rage . . . Je la brave.

JULLER.

Ma vengeance ne tardera pas ; mais je sais le tems & le lieu où je dois l'accomplir. (*Il sort.*)

NERVILLE.

Je ne crains point ton épée ; elle est de la même trempe que ton cœur.

SCENE VI.

MERVAL, Madame MERVAL, Mademoiselle CORBELLE, NERVILLE.

MERVAL.

Je demeure stupéfait... Je n'ai pu dire encore un seul mot. Quoi ! il auroit calomnié ma femme ?

NERVILLE.

Je n'ai pu dompter le mouvement d'indignation que m'ont inspiré son audace & sa fausseté.

M.me MERVAL.

Je le connoissois vil, mais je ne soupçonnois pas qu'il dût pousser l'insolence jusqu'à ce point ; le vice, je le vois, ne connoît point de bornes. (*A Merval.*) Je m'étois contentée de lui interdire cette maison, & tel est le sens des dernieres paroles que je lui ai adressées.

MERVAL.

Que d'horreurs ! Et moi, séduit par la facilité

de mon caractere, j'étois la dupe de cet esprit captieux...

M.lle CORBELLE.

Nerville, je suis contente de vous, & vous venez de gagner mon cœur en vous montrant l'ennemi d'un homme de mœurs aussi dangereuses. Je lui préparois une scene terrible; mais vous m'avez prévenue. Cette justice que vous avez rendue à ma sœur, ce courage, cette fermeté, ce courroux, cette indignation profonde, tout m'engage à vous en donner la récompense.... Voici ma main. Il ne tiendra plus à moi qu'elle ne vous soit assurée pour toute la vie.

NERVILLE, (*lui baisant la main.*)

O bonheur précieux! Il sera toujours présent à mon cœur...

M.lle CORBELLE.

Si tout le monde prenoit une résolution aussi forte, aussi décidée, la société se feroit justice à elle-même des monstres qu'elle tolere dans son sein.

MERVAL, (*embrassant Nerville.*)

Ah! j'applaudis de grand cœur à cette union; & je suis prêt, comme ma femme, à en pleurer de joie.

M.lle CORBELLE.

Rentrons, ma chere sœur, rentrons; & si vous m'en croyez, fermons notre porte à ces hommes ſcandaleux qui affichent le célibat & ne cherchent qu'à corrompre les mœurs les plus pures des ſociétés, en violant les vertus qui en font le charme & l'honneur.

FIN.

APPROBATION.

J'AI lu par ordre de Monſeigneur le Chancelier, *le faux Ami*, Drame en trois Actes & en proſe ; & je n'y ai rien trouvé qui m'ait paru devoir en empêcher l'impreſſion. A Paris, ce 23 Octobre 1771.

CRÉBILLON.

On trouve chez le même Libraire :

Jenneval, ou le Barnevelt François, Drame en cinq actes, 2 liv. 8 ſols.

Le Déſerteur, Drame en cinq actes, 2 liv. 8 ſols.

Olinde & Sophronie, Drame en cinq actes, 2 liv. 8 ſols.

L'Indigent, Drame en quatre actes, 2 liv. 8 ſols.

www.ingramcontent.com/pod-product-compliance
Ingram Content Group UK Ltd.
Pitfield, Milton Keynes, MK11 3LW, UK
UKHW021109290826
14628UKWH00014B/1424

9 782013 578578